KB209677

시집

나는 한 번만 더

Once Again or One More

- 가질 수 있던 것을 가질 수 없게 된다는 것은 -

2017.10.07 02:03 - 2024.11.19 03:09

1996년생 전해리 씀

느리고 여린 순과
외롭고 추운 그림자에게

이 시집이 벗이 되길

시작하며

유년 시절의 시는 심장으로 간직하고
청소년 시절의 시는 시간 속으로 던졌으며
청춘 혹은 아까시절의 시는 이리 당신의 손으로 보낸다.

차례

옛 사랑1

전해리

당신은
늦은 여름처럼 날 찾아와
데일 듯한 햇빛처럼 날 바라보네

눈이 시린 잎사귀는
어느샌가 발그레
햇빛을 닮아가 물드네

늦여름은 바람 따라서
가을 곁을 따라가니
더 이상 흔적을 찾을 수 없네

저벅저벅 걷다보니
이미 붉어져 버린 낙엽이
내 발길 어지럽히네
내 발자국 물들어 버렸네

이리 짙어질 때까지
미처 알아보지 못했네
잎사귀는 그 색이 붉어져
발걸음에 바스러지는 것이
맞다는 걸

2017.10.07 02:03 시작

답시1

전해리

우리 할머니가
곱디고운 시 지어 오셨네

동고동락과 웃으며
연필 손에 꼭 쥐어
한 자 한 자 곧은 글씨

까먹으셔도 즐거우시다네
세상 보는 게 이리 즐거우시다네

해바라기는 철 따라 피어나지만
우리 할머니 이제야 피어나네

2017.10.07 02:17 시작

나의 아비, 아버지

오늘은
앞길을 분간할 수 있는
새벽길이면 좋겠습니다

나는 잠결에도
당신의 문 닫히는 소리가
들립니다

오늘의
새벽길은 당신에게
쉬운 길이면 좋겠습니다

나는 잠결에도
당신의 새벽빛 머리칼을
떠올리고 맙니다

나는 잠결에도
다녀오세요
인사말을 입에 머금습니다

다정한 아비의 목소리는
이내 지쳐있는 듯싶습니다

꼿꼿한 아비의 허리는
이내 구부정해진 듯싶습니다

문에 걸린 풍경 소리는
잠의 깊이만큼 아련해지고
그리운 아비의 모습도
그만큼 아련해져 갑니다

하지만 당신은 이내
당신이 뱉어낸
담배 연기만큼이나
모호해져 갑니다

나는 오늘 밤
당신이 돌아오면
다녀오셨어요
인사말을 살갑게 건네려
종일 연습을 해봅니다

나는 오늘 밤
집으로 돌아오는 당신이
나의 작은 손을 감싸주던
나의 그리운 아비이길
종일 바라고 또 바랍니다

이 새벽길의 끝에
나 대신 당신의 몸을 안아줄
따스하고 또 따스한 햇빛이
기다리고 있길 바라고 또 바랍니다

2017.10.14 03:45 시작

신발

전해리

네가 준 신발을
던진다

나는 나고
너도 나지만

너인 나는
결국 나에게 맞지 않는 신발
결국 나에게 너무 좁은 신발

예뻐 보여도
결국 나에게 어울리지 않는 신발
결국 나에게 어울릴 수 없는 신발

내 두 발뒤꿈치에는
신발 때문에 생긴
생채기에선 아직도 피가 나
약을 발라도 여전히 쓰라려

그럼 나는
맨발로 달리리

네가 준 상처보다
달려서 생길 맨발의 상처가
더 아프길

네가 준 예쁜 신발보다
상처투성이 내 맨발이
더 위풍당당하길

온전한 맨발로 더어 멀리
나 스스로 달려가리
나 스스로 날아가리

2017.10.28 03:08 시작

나의 시, 나의 꽃

나의 시,
나의 꽃

아쉽게 지지 않을까
마음이 너무 애달파

조심스럽게 겁을 삼키고
하나하나 지어 올리지만
그마저도 쉽지 않은

나의 시,
나의 꽃

쉽게 꺾여버릴까
마음의 밑바닥 조용히 들여다 봐

햇빛을 마주해도
결국 겁을 뱉어 울어 버리고마는
서투르고 어린

나의 시,
나의 꽃

안타깝게 시들어 버릴까
마음을 쏟아부어 봐

때론 덧없이 지나가는 것들에
눈물을 채워
미소를 피어 올리는

나의 시,
나의 꽃

2017.11.02 03:04 시작

너를 만났을 때

전해리

낮과 밤의 경계선이
모호해지는 시간

희박할 뿐인 하늘이
노을의 파도에
점차 실려가는 시간

온 세상의 시선이
구심점을 향해 가는 시간

너를 향한 마음이
분명해지는 시간

2017.11.05 02:25 시작

마그리트

전해리

당신의 머리에는
희끗한 회색빛 구름이 늘 머물고 있지요

혹여나 길에서 마주치면
나는 기어코 깜짝 놀라지만

아-, 당신이 아닌 그저
골콩드의 신사들에 불과했더라지요

그렇다고 해서 안도의 한숨이
당신에게서 구름을 물리칠 순 없지요

당신은 나에게 마그리트
당신은 나에게 초현실주의

희끗한 회색빛 구름에
정신은 아득히 안개 속으로

깨어날 수 있는 단 한 가지 방법은
따끔한 소주 한 잔일 뿐이니
당신은 영원히 철들지 않는
어리석은 어린 시절에 머무는군요

이러니 저러니 나는 당신을
잃어 버릴까 두려우이
잊어 버릴까 두려우이

그러니 당신 부디-
저 새벽길을 조심히 걸으세요
머리 위 구름을 걷어내세요

2017.11.10 01:59 시작

정류장

전해리

나, 아무리 추억을 뱉어내도
그건 겨울의 얼음장 같은 입김일 뿐
기어이 창공으로 사라질 뿐
영원히 붙잡을 수 없네
다른 이들의 숨결과 뒤섞여
그저 내 주변 숨 쉬는 공기가 되어
나, 주위를 둘러봐도 찾아볼 수 없어
뜨거운 회한의 눈물 흘릴 뿐이니
무한히 추억을 뱉어내도
나, 결국 정류장에 그저 서 있을 뿐
아무 것도 할 수 없네
버스는 이제 또 새로 오는데 나를
의미 있는 곳으로 데려다 줄 수 있을까
나, 겨우 한 마디 내뱉네
어디로 가려고 했을까 내가

2017.11.11 01:11 시작

외롭고 어린 양

전해리

외롭고 어린 양이
구슬프게 울부짖네

어린 양의 친구는
새벽녘 풀잎 위 고운 이슬

어린 양을 보호하는
튼튼한 울타리는
더 이상 찾을 수 없네

어린 양은
다정한 부모가 그리워
매일 매일 울부짖네

어린 양의 친구는
구름 뒤 살포시 미소 짓는 달님

어린 양을 보호하는
따뜻한 부모는
저어 멀리 어디로 가버렸는지

어린 양은 혼자
나날이 자라네

그리움의 은하수는
더욱 반짝이고

더더욱 깊어지네

어린 양의 부모는
저어기 나이든 목동과
함께 오고 있을까요

2017.11.11 01:20 시작

폭풍우를 지나면

전해리

폭풍우를 지나니
비로소 모든 풍경이 고요해진다
나는 기꺼이 나의 시를
바람에 날려보낸다
나의 시는
연처럼 예쁘게도 날아간다

나는 나의 시가
예쁘고도 온전하길 바래요

그래요
나는 오늘도
세상에서 가장 슬프고도 선물 같은
시를 씁니다

2017.11.11 01:57 시작

답시2

철 따라 피어난 해바라기처럼
우리 생도 다시 태어나면 얼마나 좋을까
우리 할머니가 지은 시
나는 왜 눈물이 날까

우리 할머니
해바라기는 아니었어도
해바라기 키워낸 태양이었지요
햇살 같은 손길로 자라나지 않은
예쁜 꽃이 없었더라지요

우리 할머니
철 따라 피어난 해바라기는 아니었어도
따스한 햇살 건넬 줄 아는 태양이었지요
낮이고 밤이고 빛을 내고 빛이 나는
그런 생이었지요

16

옛 사랑2

전해리

안개 걷혀서 문득 뒤돌아보니
당신 지나간 족적이 더 이상 보이지 않아요
저 흩어지고 부서진 낙엽 헤쳐서
당신의 발걸음 다시 찾아보려 애써도
날과 해의 시간이 당신을 잃애버렸어요
나는 기어이 몸을 숙여 온기라도 남아있을까
축축해진 땅 위에 내 볼을 갖다 대는데
그 땅에는 추억의 음악이 시내처럼 흐르고 있어요
이 기억을 덮을 눈이 송이송이 내리고 있어요
나는 아무래도 눈 덮인 이 거리를
오래 아주 오래 서 있을 것만 같아요

있잖아요-이 눈송이가 사복히 쌓이는 소리가
당신이 나에게 다가왔던 발걸음 소리처럼 들려
그냥 가만히 귀기울이다가
이제는 이 자리를 다시 떠날까 합니다
이제는 마음 감싸 안고 떠날까 합니다

2017.11.18 12:25 시작

17

우리는 마음 속에

전해리

밖으로 새지 못한
눈물이 안으로 모여

우리는 모두 마음 속에
폭포수를 쏟아낸다

밖으로 쏟아내야 할 눈물이
밖으로 쏟아낼 수 없어서

우리는 모두 마음 속에
폭포수를 기른다

폭포수는 마음 안에서만
요란하게 치는 천둥

내 안의
천둥과 같은 폭포수는
언제 밖으로 흐를꼬

2017.11.23 15:19 시작

존재

전해리

나의 존재는
바다 위의 미친 듯이 번져가는 불
불 아래의 미친 듯이 출렁이는 바다
바다는 불을 끌 수 없고
불은 바다를 삼킬 수 없네

이토록 모순적인 존재들은
서로를 잡아 먹을 듯이 으르렁거리네
이토록 모순적인 존재들은
영원토록 화해를 할 수 없네

감정이란 맹목적인 관습일 뿐
사랑이란 그저 헛된 희망일 뿐
결국 바다와 불 사이의 선을
무너뜨릴 수 없네

바다는 슬픈 파랑을 뽐내고
불은 슬픈 빨강을 뽐내고
각자의 존재를 과시하며
영원토록 치유될 수 없는 눈물을 흘리네

2017.11.26 03:59 시작

엄마

전해리

잠을 잔다고 해서
너른 꿈을 꿀 수 있을까

삶의 무게만큼 잠든 엄마

그러니 그만 일어나세요 엄마
새벽빛이 밝아오기 전에

2018.01.11 01:39 시작

2024.08.29 마침

파도

전해리

당신은 모래 위로 올라왔다가
내려가는 파도처럼
내 마음에서 그렇게
씻기어 나가네

내 마음 흠뻑 적셔놓고
손에 잡히지 않게 도망가버리죠
나에게서 그렇게
정말 달아나 버리는 건가요

내 마음에서 그렇게
부서지지 마요
나도 당신 마음에서 그렇게
파도처럼 부서지고 싶지 않아요

내 마음 이렇게
가득한 거 보이나요
모래알처럼 꽉 차고 바다처럼 파랗게

당신을 몹시 사랑하는데
순간 지나가는 파도이고 싶지 않아
밤이 오라고 재촉해도
길게 머무는 노을이면 안 될까요

2018.01.12 17:42 시작

우리

흰 밤 까만 낮

일찍이 어머니는
낮과 밤이 바뀌었다고

변함없이 나는
낮의 마음 다르고
밤의 마음 다르고

머리가 센 아버지의
낮과 밤은 어둡고

우리의 어제는 하얗고
우리의 내일은 까맣다

나의 낮은 끝날 줄 모를 때
밤이 깊어가고
부모 또한 깊어질 것이다

2021.07.07 06:19
2024.10.31 03:22 마침

그대 잘못이 아니죠

그대 가슴에
찬 겨울 바람 분 건
그대 잘못이 아니에요

겨울 바람 많이 자도
쓰리도록 차더라도
겨울 바람은 당신이 멈출 수 있는 게 아니에요

내가 당신 가슴에
봄이 온 줄 착각하도록
내가 당신 사랑하는 만큼 햇살 비춰줄게요

당신이 햇살 보고
봄이라고 착각할 만큼 봄바람이
당신 가슴에 어느새 당도하도록 비춰줄게요

봄-점강문

봄은 언제 오나
봄은 언제 올까
봄이 언제 올까
봄이 언제 올는지
봄이 언제 오려나
봄은 언제 오는가
봄은 언제 온단 말인가
봄은 이미 와 있다

시를 위한 시

하루 끝에
탄식처럼 터져 나오는
시 한 줄

새벽녘처럼
옅어지는 그대

정녕 나에게서
그렇게
멀어질 건가요

해가 뜨지 않는 시간은
해가 뜨는 시간의 그림자

밤의 벽이 허물어지면
그런 나의 손에
온기를
쥐어주오

2018.03.13 04:43 시작

2018.08.27 06:31

2019.11.04 17:08

2019.12.31 16:33

2024.10.28 마침

젊음

전해리

젊음이 아까워
노래처럼 시처럼
젊음을 토해냈지

그렇지만 이내
손가락 선 사이로
공기 틈 사이로
멀리 멀리
제 갈 길을 가버렸다네

젊음을 낳았지만
젊음은 나의 것이 아니라네

2018.03.18 20:04 시작

태양

전해리

축복처럼 찾아온 태양은
나의 마음을 흠뻑 적셨네

적셔진 나의 마음은
물기를 머금은 채 태양을 더 사랑했네

나의 마음 적신 태양빛은
평생 내 마음에서 잔잔히 부서지겠네

영원하지 않을 걸 당연히 알았지만
그 순간 꼭 영원할 것처럼 행복했네

그리워하면 난 또 무너지겠지만
그리워하지 않으면 더 사무쳐버릴 날 아네

나의 전부였던 태양
속절없이 좋았던 태양
나를 무너뜨린 태양

2018.03.31 22:17 시작

오래 전의 노래

전해리

날이 흐려서
오래 전의 노래를 들었지
오래 전의 친구가 알려준
오래 전의 노래
내 마음이 흐릴 적
네가 들려준 노래
우리가 할 수 있는 건 사랑 뿐이야
자유로운 세상이야 힘들게 가지려고 하지 마
그제야 먹구름에서 비가 쏟아졌지
오늘따라 날이 흐려서
내 마음 또 한 번
네가 들려준 노래로 적시려는데
이젠 네가 내 옆에 없구나

2018.04.08 18:26 시작

딱 그만큼만

전해리

때로는 문을
열고 넘어서는 게
벽차서

나는 창문을
열어 창문만큼 당신을
바라 본다

네가 옆에 있는 줄 알고
창 밖으로 손을 뻗지만
나는 그래 봤자 창틀 안

나는 지금 딱 창문
그 크기만큼만 당신을
보는 거야
아는 거야
사랑하는 거야

2018.04.30 03:28 시작

도둑집

전해리

내 집이 아닌 것처럼

그렇게 텅 빈
현관과
거실,
부엌

나는 도둑처럼
밥을 입으로 훔쳐
얼른 방으로
할 것을 안고 들어간다

내 뒤에 남은
그렇게 텅 빈
현관과
거실,
부엌

나를 모른 척하는
집

2018.05.09 22:19 시작

2021.03.11 마침

아직도

전해리

나에게 남았던
텅 빈 집, 혼자 먹는 밥

그리고 아직도
텅 빈 집, 혼자 먹는 밥

모두 잠시 스쳐 지나갈 뿐
끈기있게 머물지를 못해

찬 바닥에 누워
감사함을 세어 보지만

손에 잡히지 않네
제일 가까운 이들의 사랑이

2018.05.12 02:09 시작

안아줘요

전해리

나를
좀 안아주지

내가 그렇게 위태로워 보인다면서
그렇다면
나를 좀 안아주지

날 좀 안아주지 그래
날 좀 안아주지 그랬어

안아주지
날 좀
나를 좀 안아주지

내가 아무 말 못해도
상관없다는 듯이
나를 좀 안아주지

넌 걱정한다 생각했겠지
말뿐인 걱정으로
넌 날 밀어버렸어

안아주지
날 좀
나를 좀 안아주지

넌 걱정한다 말만 해
네가 날 안아줬으면
난 떨어지지 않았겠지

안아주지
날 좀
나를 좀 안아주지

집에서의 식사

전해리

나와 같이 나이를 먹은
탁자 앞에 앉아 밥을 먹으면
등 허리는
낙타의 등처럼 굽이굽이
굽어 보다
새우의 등처럼 곡곡(曲曲)
굴곡지다
반찬이 한두 개뿐
사랑이 부족해
사랑 좀 줘
알잖아
내가 사랑하는 거
들리는 건 내가 밥을 꼭꼭
씹는 소리
어차피 우리 말고도
모두
약간씩은 외로워
차다 국도
바닥도
하늘도
일하러 간다던 아비는
시간이 되어도
돌아오지 않고
애써 지어놓은 쌀밥은
외롭게 굳어가네
매실차를 하늘에 부었고

저녁이 되었다
혼자

2018.06.03 21:12 시작
2020.12.02 12:06
2021.02.15
2021.09.14 12:21
2024.10.31 21:46
2024.11.15 02:57 마침

딸기잼

전해리

딸기잼 더 없니
아빠가 하는 말
벌써 딸기잼이 다 떨어진 거야
어느새 짜증이 자연스러운 나의 말

나는 문 저편
먹고살기 위해 온 하루 애쓴
아빠 자면서 허리 앓는 소리
조용히 듣네

나는 조용히
냉장고 저 안쪽에서
새 딸기잼 꺼내어
아빠가 아는 곳에 놓네

나 떠나면
이 다음 딸기잼
누가 챙겨줄까

딸기잼은 이렇게나
빨리 비어버리는데

2018.07.04 03:54 시작

꽃봉오리

전해리

꽃봉오리가 있지
물빨강 머금은 꽃봉오리

새붉은 예쁨은 햇님과 닮았고
새벽녘 이슬에 웃음 띄우고
새숨들에 싱그러운 미소 짓지

그런 꽃봉오리 그 볼그스름한 입술은
다가오는 공기에 입 맞추지
그 꽃봉오리 그 꽃잎들은
다신 못할 기지개를 펴지
그 꽃봉오리 그 향기는
다정한 꿀맛을 머금지

꽃봉오리가 있지
공기와 입맞추고 나서
가장 어여쁜 꽃이 된
꽃봉오리가 있지

2018.07.30 21:14 시작

공기

전해리

공기가 있었지
그저 꽃봉오리를 맴돌 뿐
가까이 갈 엄두조차 내지 못하는
겁부터 내는 공기

공기여
속시끄러워 말아요 부디

꽃과 입맞추기 전
공기는 특별하지 않지
아니 아무도 특별한지 모르지

2018.08.02 21:59 시작

당신은 아나요

당신은 아나요
당신을 위해

헤아릴 수 없는
별늘이 스쳐 지나가길 기다렸는지

스쳐 지나가길 바라는
별들이 헤아릴 수 없을 정도로 많은지

쪽지

전해리

네가 웃지도 않으면 좋겠다고
못된 마음 먹다가
이내 고이 접어
저 칼바람 속에 끼워서
너에게 보낸다
내 마음의 바닥에
너의 예뻤던 웃음은 남긴 채
바람아 멀리 가거라 부디

2018.10.10 21:02 시작

계절

전해리

계절은 언제나 같았으나
매번 다른 계절이었다

이 계절이 나를 스치면
난 금세 잊을 텐데
잊을 테지만
그래도
한 발자국만 늦어줘요
나 숨 고르고
같이 나란히 걷고 싶어요

어차피 잊힐 거라면

2018.10.22 16:52 시작

aqua

전해리

저 짙은 綠音 밑으로

공기가

내려와

가라앉는다
그래서 나는 녹음한다

無音
茂蔭
우거진 나무의 짙은 고요

초록 구슬 속이지
호수 얼음 아래 물고기
햇볕에 말라가는 나무 그릇의 물기

발을 내딛는 만큼
나에게 매달린 검은 꼬리는

길어지고 길어져
햇볕은 나의 몫
물결처럼 흔들리는
나의 결정

안개는
산이 주는 꿈임이
분명하다
메아리의 꾸밈이다

2018.11.09 02:42 시작

2018.12.26 22:08

2024.10.24

2024.11.14 00:36 마침

이 시를 음악가 사카모토 류이치(坂本龍一) 님께 바칩니다.

오르페우스의 길1

전해리

모든 게 다 지나고
또 어김없이 나만 남았네

그래도 혹시 몰라 뒤돌아 봤지만
또 어김없이 텅 비었네

마음 써 무엇 하랴
또 어김없이 길을 가네

아-!
나는
돌이킬 수 없네

2018.12.26 21:27 시작

2020.07.29 마침

오르페우스의 길2

나,
뒤돈 건
그대 그 자리에 있을까 하여

그대,
그 자리에 있었지
내가 갈 수 없는 그 길 위에 있었지

난,
앞으로만 가네
그대 없는 앞으로만 가네

그대 없는 앞길은
자멸(自滅)의 길이라네
그대를 만나러 가는 길이라네

2020.08 마침

별똥별1

전해리

당신의 미소는
별똥별

당신이 웃으면
별똥별 꼬리가
당신의 입가에 스쳐가
반-짝!
그 별은 나의 입자락으로 안착해
미소로 끝자락으로 도착해

당신의 별똥별은
나에게만은 우연이 아니었기에
볼 때마다
내 것이 아닌 꿈을
잠시나마 꿨다지
늘 청명한 꿈을 꾸는 아이처럼
뭐든 이루어질 거라 믿는 아이처럼

당신이 나에게서
등을 돌려서
나는
별똥별을 잃어버리고
꿈을 잃어버렸다지

영원히 오지 않을
되돌아 오지 않을

나의 꿈아
아- 나의 꿈아
야속하구나

나의 눈물이
은하수길이 되면
당신에게 갈 수 있을까
다시금 꿈을 꿀 수 있을까
다시 꿈을 꿔도 될까 하노라

그러니
그대여, 제발
뒤돌지 말아 줘요
나에게 밤이 되어줘요
얼굴에 별똥별을 띄워줘요
내가 다시 꿈을 꿀 수 있도록

2019.01.08 03:52 시작

당신과 내가 만난 건

전해리

당신과 내가 만난 건
꽃이 태어나는 것과
나뭇잎이 바닥에 툭! 떨어지는 것
사이
어느 쪽일까
애쓰는 운명이었을까
그냥 일어났던 일이었을까

2019.01.14 02:56 시작

별똥별2

전해리

어떤 걸 보며
나는 차분하게
별똥별 꼬리를 입가에 짓는다
우주라는 경이의 샘 속에
당신도 빌 담그고 있다면
나의 별똥별 꼬리가
당신의 입가에 맺힐 수 있지 않을까
혹여라도

2019.02.03 03:06 시작

바다

전해리

당신이 한눈판 사이에
그 사람은 강물처럼 흘러가버림을
그리고 영영, 다시는 같은 사람을
마주할 수 없음을

2019.03.18 03:24 시작

2019.04.19 마침

봄

전해리

봄은 별을 말리는 어부
일렁이는 심연에서
흘러가기만 하는 별
大智의 손바닥으로 끌어 모아
흩어지는 주름의 손등에 얹으면
大地에 몸을 뉘이는 별
표류하는 숨결 어딜 가느냐
大志의 손짓으로 불러들이면
여기 네가 잃은 것 가져가라
어부가 말린 노릇한 별
내 마음에서 저릿하게
내가 알았던 길로
떠나니리라

2019.04.24 23:08 시작

아까시1

아가씨,
거긴 너무 높아요
내려오세요

아가씨가
레이스 자락을
흔들면 희고
가냘픈 발목이 보였다

제피로스와
춤을 췄을까

그대가 남긴
발자국 위에서

나는 하얀 별처럼
그저 恩恩

2019년 내가 살던 곳에서 아까시 꽃을 처음 인식했던 시절에 시작하여
2024년 시집을 마무리하며

아까시2

다들 나만
두고 어디를 갔을까,
엄마

따사로운 할머니의 손길에
눈물을 뚝 끄치고
구수한 누룽지를 우물댄다

송알송알 밥풀이
입가에 묻는 줄도 모르고

하늘로 손을 꼼틀거리며
햇살로 엮는
우리 엄마 줄 진주 목걸이

잠든 아가의 손에서
우수수 빠져나오는
알알의 구슬

2019년 내가 살던 곳에서 아까시 꽃을 처음 인식했던 시절에 시작하여
2024년 시집을 마무리하며

아까시3

세상은
봄을 잃고 나서야
눈물을
비로소 떨어뜨린다

후
두
둑
후
두
둑
그 눈물
방울방울 모여
레테의 강이 되네
낙루의 향기가 되네

사라지네
흔적도 없이

봄보다 아꼈던
나의 아까시

2019년 내가 살던 곳에서 아까시 꽃을 처음 인식했던 시절에 시작하여
2024년 시집을 마무리하며

물줄기

저기,
시가 흐르네

2019.09 시작

하루가-점묘문

하루가

하루가 아스라진다
하루가 부서진다
하루가 녹아내린다
하루가 삭는다
하루가 깨진다
하루가 갈린다
하루가 찢어진다
하루가 닳는다
하루가 해어진다
하루가 뭉개진다

2019.08.09 02:03 시작

깊어지는 밤 낮은 산

밤이 누우면
세상은 두 가지 색으로
쪼개진다
영원할 것처럼

낮은 산이 누우면
날 향해
프쉬케 옆
하늘 아래 밤이 된
달콤한 에로스처럼

산의 능선을
난 몰래 손가락으로
스르르 그려보는가
밤이 깨지 않도록

둔감하지 않은 당신이
살짝 몸을 떨자
날개의 깃털이 포드닥
하늘 위로 세상엔 색이 세 개

아침이 우릴
알아보기 전에
나의 입에 맞추면
당신의 잎새로

난 사르르
꿈결로 떨어지는가
프쉬케처럼

2019.09.14 17:23 시작

목련1

전해리

달은
밤이 피워내는
목련

목련은
밤새 노쇠하는
달

움푹 패인 볼살에
나는 몸을 담가
그 패임을 메운다

고르게

2019.10.29 04:04 시작

목련2

전해리

목련은
시간이 무너뜨리는
달

봄,
너는 어찌하여
나에게서 등을 돌리는가

떠날 거면
사랑한다
말하지 말아라

지고한 순백의 왕관을 씌웠건만
순정엔 금이 가고
박살난다

아아!
기어코 지는구나!
지고 말아!

봄,
너를 잃고 살아가느니
나,
이 사랑과 함께
영겁으로 남으리

달은 밤의 끝으로
몰락한다

2019.10.29 04:04 시작

목련3

전해리

나는 손톱을 세웠는데
너는 대수롭지 않게
벌려 버리더라

봄은 남성적이다

봄은
나의 하얗던 치마 자락에
군청색 구두 발자국을 남기고
떠났고

나는
성인이 되었고

2022.02.20 시작

청보릿고개

전해리

누구는 때때꽃구경 갈 때
나는 청보릿고개를 걸었다

꽃잎이 이슬에 촉촉하기도 전
나는 홀로 파랗게 질렸다

그렇게
이미 가고 있겠지
푸르른 이 청춘

그런데
다신 안 오겠지
푸르른 이 청춘

내 젊음이
채 가시기도 전에
세월의 야박함
앞에서 이울기 전에
나의 젊음이
힘이 없어서
세상의 부박함
앞에서 저물기 전에

초록이 없으면
이 풍경도 아무것도 아니듯이

2019.10.31 18:54 시작
2019.11.04 17:01
2022.07.13 04:19
2024.10.22 마침

64

달이 떠오른 시1

전해리

고달프게
　달음박질쳐서
애달프게
매달리고
안딜나도록
　달싹여도
　달보드레하게
　달래주는
　달

2020.02.25 02:09 시작

달이 떠오른 시2

전해리

할퀴었더니
팔딱인다
탈진할 줄 알았는데
앙칼스럽기도 해라
찰나를
잘라
알과한다
살몃살몃
발분하니
말릴 수도 없어
모자랄 수밖에 없는
달
날카로운
갈무리

2020년 시작
2024년 마침

달이 떠오른 시3

전해리

다-----알
나와다-알
가렸다-알

2020년 시작

2024년 마침

쉽게 쓰이지 않는 시

전해리

창 밖엔 잠들지 않는 밤
구름과 거미줄 어지러운 세상

시인이란 슬픈 天命이
아닌 줄 알면서도
한 줄 詩를 적어볼까

어제에 등을 기대
내일을 입에 넣어 굴린 후 내뱉은
사탕 같은 불안은 불량하다

땅바닥에 발 붙이며 걸어가는 이와
영악한 이카루스
사이를 재며 겨드랑이 날갯죽지 속을
만지기만 한다

마음에 뭐가
들었길래
나는 납작 기고 있나

밥을 못 먹으면
빵이라도 먹을 수 있는 시대에
나는
詩가 쉽게 쓰이지 않으니
부끄럽다

등불을 꺼
엄숙한 밤을 초대하고
불투명한 아침을 눈으로 감는 나,

내가 오직 바라는 건
시 한 줄
시 한 편

왜 내가 꿈을 꾸는데
왕관의 무게를 견뎌야 하나

낮처럼 환한 밤에
내 생각은
나의 걱정은, 불안은
제 시각을 모르고 질주한다

그럼에도 불구하고
입 안에 밥 숟가락 욱여넣고
태양이 지는 곳으로
생텍쥐페리의 비행을
꿈꾼다

2020년 시작
2020년 마침

나의 시1

전해리

시인이 연필을 손에 쥐고 종이 위에 시를 쓴다

시를 쓸 시인의 손 주름 마디마디, 손톱 밑엔
컵라면의 기름이,
찌그러진 밥풀떼기가,
끈적거리는 요구르트의 끝물이,
천장에 달라붙은 먼지덩어리가,
인스턴트 고기 만두의 밀가루 끄트머리가,
시든 화분의 흙이,
남은 김치찌개 국물이,
설거지 전 반찬 그릇에 남은 고춧가루가,
과자 부스러기가,
물때가
붙어서 떨어지지 않는다

하루의 찌꺼기만 남은 시, 내 것이 아닌 찌꺼기로 지은 시

나의 시, 가난한 나의 시, 냄새나고 더러운 나의 시,
닳은 나의 시

2020년 시작
2020년 마침

나의 시2

전해리

시인이 연필을 손에 쥐고 종이 위에 시를 쓴다

시를 쓸 시인의 손바닥에는
고무장갑의 고무 냄새가,
파김치 국물 냄새가,
행주 냄새가,
방바닥을 닦은 걸레 냄새가,
막 널은 젖은 빨래에서 묻어난 세제 냄새가,
진미채의 오징어 냄새가,
양파의 냄새가,
요구르트 냄새가,
두통약의 냄새가,
우그러진 페트병에서 흘러나온 소주 냄새가
도무지 지워지지 않는다

지우개로 지워도 흔적이 남은 시, 흔적으로 얼룩진 시

나의 시, 가난한 나의 시, 냄새나고 더러운 나의 시,
닳은 나의 시

수도꼭지에서 똑똑
떨어진다
잠근다

2020년 시작
2020년 마침

나의 시3

전해리

나는 시를 쓰려면 이겨내야 한다

잠이 오지 않는 어둠을 지나
꿈결을 굽이굽이 여명을 넘어
뿌연 눈을 뻐끔 뜨고
현란한 우물 속에서 허우적대다
둔탁한 경종을 울리는데
회색 메아리의 답장은 들리지 않아
파내려가 길을 찾는다만
꿈틀거려도 그건 조각이 아닌 틀 안일 뿐
그러니 솟아나자
태양에 말라죽은 지렁이가 너무 많구나
삶의 지질함 속을 기어
패배의 펜대를 간신히 꼬나들어

품이 많이 드는 나의 시, 허비한 나의 시

나의 시, 가난한 나의 시, 냄새나고 더러운 나의 시,
닳은 나의 시

2020년 시작
2024년 마침

나의 시4

전해리

나는 시를 쓰려면 견뎌야 한다

나의 시를 지나치는 그들의 무관심에서
나의 시를 짓밟은 그들의 더러운 웃음에서
시 따위는 상관없다는 그들의 부식에서
제 자식만 함함하는 그들의 모임에서
책을 읽지 않는다는 그들의 당당함에서
나의 삶이 못 된다는 미련에서
책을 잃은 갈피에서
내가 없는 행복에서
내가 갇힌 불행에서
벗어날 길 없는 글 속에서

그 속에서

까치발을 들고 서 있는 나의 시, 후들거리며 아슬아슬한 나의 시

나의 시, 가난한 나의 시, 냄새나고 더러운 나의 시,
닳은 나의 시

2020년 시작
2024년 마침

나의 시5

전해리

트고 엔 손가락 끝마다
꺼칠어진 손가락 마디마다
갈라지는 손등마다
꺼슬한 손바닥마다
저리는 손목마다
시가 어리네

누구의 손은 대리석이고, 누구의 손은 비단결이네
누구의 손가락엔 반짝거리는 것이 끼어 있고
누구의 손바닥엔 값나가는 것이 들려 있네

시인은 굴곡과 그림자, 웅덩이가 새겨진
손가락과 손바닥, 손등을 지닌 손으로
견고하고 홀가분한 연필을 꼬옥 쥐어
시를 쓴다

나의 시, 가난한 나의 시, 냄새나고 더러운 나의 시,
닳은 나의 시

2020년 시작
2024년 마침

야누스

운명은 어찌하여
늑대의 젖을 물던 아이로 하여금
국가를 성립하고
사회를 형성하도록 두었나

행복은
껍데기에 불과할지도 몰라
움켜쥐면 바스라지는 껍데기

신은 막무가내야
인간을 배려해주지 않아
그러나 관대하지

그런가
배반이 길 모퉁이마다
기다리고 있다 하더라

아, 깜짝이야
알려주고 방해해도
늦지 않는다고!
그만 놀래켜
치사한 수작이야

선택해,
바람개비가 될 건지
바람이 될 건지

저마다
억울하다고 깃발을
흔들어댈 줄만
아네
구원자가 될 생각들은
없네

시간이 내 앞을 지나갈 때
알아보고 올라타려고
그렇게 가면
내가 어디로 가는지 알겠지

가능성이 일말인 건
중요하지 않아
일말의 가능성이라도 있으니
얼마든지 살아갈 수 있어

그래,
그렇게 스칠게

2020.05.16 23:06 시작

어제의 꿈

전해리

예쁘게도 피는구나
하늘 높은 줄 모르고
치솟는 파릇한 오만이여

허공을 오르기 바쁜
페가소스의 새파란 날개는
은빛 달빛 아래 부서진다

공중에 핀 꽃은
뿌리가 없어
피를 흘리며 쓰러지누나

천하를 호령할 듯 우렁찼던 포효는
바람 빠진 풍선처럼
뒤꽁무니를 흘리며 달아난다

요란하게 지는구나,
아무것도 남기지 못하는 주제에

-잊어야지 어제의 꿈
그건 내가 눈을 감은
어제의 잠에서 본 꽃
잊고 눈을 뜰 테다

2020.09 시작
2021.01 마침

어제의 꿈(Dream of Yesterdays) 2020.09.09
acrylic on canvas, 33*45cm, 스펀지
이 시에서 영감을 받아 그렸습니다.

도립(倒立)

전해리

하늘을 가두니
호수가 감도네

2020년 시작

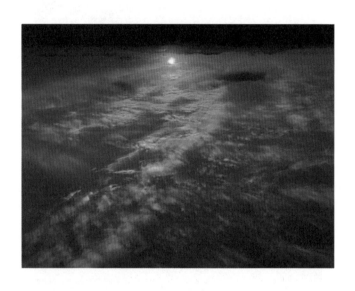

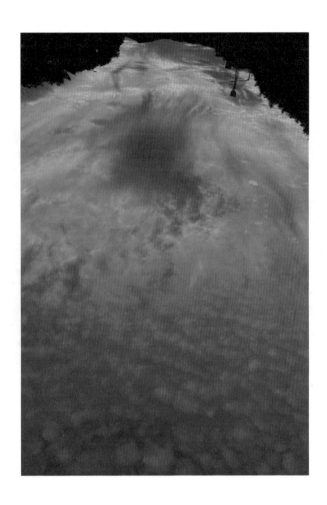

볼길

볼에 스치는 다정한 손길에
불길이 수줍게 패었더랬다

볼에 이는 달콤한 눈길에
봉숭아물이 발그레 들었더랬다

볼에 다니는 물길에
꽃들이 활짝 열렸더랬다

2020.11.01 03:44 시작

2024.05.23 02:39 마침

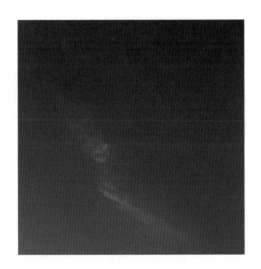

꽃눈물

그땐 비만 내렸다지요
비가 그치고 나면
꽃을 마구 피워냈어요
아프게 피워낸 꽃을
이젠 떨어드리렵니다

나는 자라야 하거든요
나는 자라지 않으면 안 됩니다

비가 내리는 날이 오면
나도 눈물을 떨어트리렵니다
나의 살을 찢어 피운 꽃을
비와 함께 떨어트리렵니다

나의 아픔이 세상에
가장 예쁘게 내리도록
온 세상에 꽃이
얼룩지도록

2020.11.05 20:36 시작

2021.05.05 마침

봄꽃을 떨어뜨리며.2021.05.05
acrylic on canvas, 32*45cm, 스펀지, 일회용 수저
이 시에서 영감을 받아 그렸습니다.

세월

전해리

어느샌가 훌쩍 커버린 널
난 손을 힘껏 뻗어도
도무지 닿을 수 없구나

2020.08 시작

가을이 가을이 아니라면

전해리

축축한 노을 냄새가
도처에 나돌면
난 그렇게 다시
당신에게 갈래

태양도 자신의
낯뜨거움을 후회한다면
나는
당신을 놓았을까

붉어지는 단풍처럼
붉어졌던 널 향한 마음 한 잎,
식어가는 바람처럼
식어졌던 널 향한 마음 한 줄기,
노을 물러가듯
여름꽃 떨어지듯 멀어져가는
널 향한 사랑

만약 여름 없이
가을이 왔다면

나는, 난

널 잊었을까

그건 가을이어도

가을이 아니었을 거야
내가 당신을 사랑했어도
그건 사랑이 아니었듯이

당신에 대한 나의 사랑이
열매를 바닥으로 떨어뜨리는
가을 바람이 아니기에
이 귀뚜라미 音이
당신에게 닿는 수신음이길 바란다면

난 그렇게 다시
당신에게 갈래
매일 있는 달이
밤에 따뜻해지는 것처럼

나는
밤이 긴 사람이잖아요

2020년 시작

시간이 아니라네

가을은
미지근한 콜라

김이 식어 빠진
아스팔트 위
혼자 나자빠진 사마귀

싸늘한 바람은
싸구려 관심

태양아
너무 간절하지 말지 그랬니
가을이 오면 여름은 잊힐 텐데

낮은 짧아지고
낯은 깎인다

이때,
죽을 힘으로
다시 한 번 쳐드는
사마귀의 창
난 구름을
손으로 살짝 민다

할퀴는 건
허공이니 가엾고나.

직사광선의 영광은
재현되리

아폴론,
난 당신을 거스른다

하얀 나비는
봄의 향수를
맡으러 간 지
오래라네

2020년 시작

An Artist

They had made it
And they made money
I have made it, too
And they made money
I didn't make money
But I make it
I am making it
But they never make it
That's a difference
I make a difference

작가적인 것

전해리

꼬리가 무거워
그림자인가 뒤도니
시체가 누워 있다

저건 누구의 시체인고
이게 무슨 변고인고
어이쿠! 저 시체의 얼굴은
내 것이다

내가 성공의 빛 앞에 설수록
시체는 떨어지지 않는다

햇살이 박살난다

태양 한 줌 손에 담아볼까

태양의 간절함은
그렇게 바란다
샌다

내가 사는 것을
죽이는 건
내 삶이로구나

내리쓰는 건
벼락

반짝
사라지거나
번쩍
남기거나

2020.11.30 03:15 시작
2021.02.27 19:54
2022.01.18 02:07
2023.08.25 03:55
2024.11.02 23:24 마침

너도밤나무숲

그리운 이들은
어디로 가버렸나

아주 오래 전
너도밤나무숲
그 속에서 친구들과
보물찾기를 나섰지

나무는 높았고
숲속의 끝은 없었네
나는 버섯과 꽃의 향에 취해
홀로 깊숙이 들어갔지

내 손엔 보물은 없었고
내 몸은 보물섬을 헤맸네
즐거워 친구들을 잊다가
외로워 생각이 났지

얘들아 어딨어
외쳐도 나오지 않는 목소리
낯선 새소리 차가운 공기
다들 어디로 가버렸니

얘들아 어딨어
소리 치고 싶지만 안 돼 안 돼
메아리를 부른 적 없어

메아리가 놀라면 안 되거든

나는 엉엉 울며
왔던 길을 되짚었지만
기억이 잘 나질 않았어
난 친구들을 잃었지

친구들아 너흰
보물을 찾았니
그토록 찾고 싶던
보물을 찾았니

난 그저 달리고 달렸지
그러다 문득 숲 밖으로 나왔어
텅 빈 들판 하얀 하늘
난 혼자였네 혼자였지

아무도 없네
친구들은 그곳에 없었네
친구들아 어디로 간 거니
친구들아 어디로 가 버렸니

내 목소리가 들리면 대답해줘
내가 너희를 부르잖아
내가 너희를 부르고 있어
아무도 대답 없네

꿈처럼 사라진
너도밤나무숲
꿈처럼 사라진
나의 친구들

잃어버린 보물들
잃어버린 친구들
잃어버린 소풍
잃어버린 꿈

그리운 이들은
어디로 가버렸나
다들 어디로 가버렸나
나만 두고 어딜 갔나

너는
내가 보고 싶니
나는
네가 보고 싶어

그때 알고 있었을까
이처럼 소풍 온 듯하다가
캄캄하게 사라짐을

2020.12.01 02:19 시작

이 시를 가수 양희은 님께 바칩니다.

매일 그랬다

낮:
저 바람이 떠날 때
내 사랑도 날려 보냈어야 했다

저녁:
무너지는 밤을 그려야 해
문장을 공들여 쓴다

밤:
나는 밤을 잘라내기로 했다
내일 차라리 조금 일찍 일어나서 해야지

새벽:
바라는 마음이 지겨워

여러가지 생각이 오갔고
나는 피곤했다

2020.12.04 11:47 시작
2021.02.04 23:21
2022.08.05 04:53
2024.11.02 마침

작문

나는 없음 위에
너를 쓴다

나는 있음 위에
너를 믿는다

2020.12.04 11:47 시작

2024.10.31 05:17 마침

옛날 이야기

존은 노랫말을 남기고
홀로 떠났네

고양이와 새는
앉지 못하는 곳이 없다

강아지는 온 세상이
제 베개인 것처럼
볼을 뉘인다

새는 헐겁게
날아도 떨어지지 않는다

올려다 보면 번뜩이는 날파리가
내려다 보면 물결의 머리카락이

너와 나의 입맞춤은
장미꽃으로 태어나고

2022.06.05 04:14
2024.11.03 00:53 마침

힘 겨루기

전해리

마음은
시간이 쏘는
출발 신호도 놓쳐가며
뛰쳐 나가건만

그 마음을 몰라주는 건
세월뿐이네

2021.01.15 02:24 시작

2021.02.04 마침

봄

전해리

목련이 흔드는
치맛자락에

벚꽃이 물들인
볼자락에

내 눈의 잎은
후두둑 떨어져

봄에 핀 꽃은
다 내 눈물이 키웠단 말이다

내 마음을 온통 흔들어 놓고는
혼자만 화사했으니
봄은 치사하다

2021.01.25 02:14 시작

거울

전해리

나는 나를
모릅니다

나는 거울을 봅니다
나의 앞에 섭니다

내 눈 앞의 나는
나를 알고 있을까요?

나는
내 눈 앞의 나를
알고 있을까요?

2021.02.02 21:12 시작
2024.10.31 03:31 마침

자존심

전해리

눈보라 불지 않는
설원

나의 발은
차디찬 바닥에 뿌리를 내려
서릿발을 선다

머리 위로
차디찬 김이 난다

펑펑 열나는 피는 냉기로 굳고
꼭두각시처럼 삐걱거리는
손가락이 쓰는 건
마지막 잎새조차 없는 가지

바람에 이는 살갗 사이로
피어나는 빨강 꽃
송글송글 맺히는 핏망울

인적 없는 책상 위로
소복이 쌓이는 먼지눈
꽁꽁 굳어가는 먼지얼음

아무도 찾아오지 않는다

2021.02.16 20:47 시작

You see me?

전해리

Tell me what's wrong
Then I will fix it

I felt something wrong
I felt like I'm doing wrong
Why was I doing wrong

I know I'm scared
I know I'm terrific

It killed me
It will kill me

Tell me what's wrong
Then I will face it

I felt something wrong
I felt like I'm doing wrong
Why was I doing wrong

I know you're sacred
I know you're terrible

I killed it
I will kill you

2021.02.20 01:59 시작

쓰다 지우다

생을 꾹꾹
눌러가며 썼을 때
얼마 채 써보지도 못했는데
손이 달달 저려오는 것이다

그치만
한숨은 알람이 되어
나를 울린다

시간이 허물처럼 간다
여름이 쭉 빠지는 소리
겨울이 녹는 냄새

애끓는 내 심장을
강아지풀처럼 어루만져다오

밤을 지우개로 박박 지워
한 번만 더
나를 믿어다오

2021.02.22 14:00 시작
2021.10.14 16:59
2022.04.17 23:42
2023.05.12 18:44
2023.06.22 03:42
2024.11.03 03:28 마침

퇴근길

굳은 바다에
시계를 던지자
파란이 번진다

파랑이 출렁이자
시꺼먼 고래가 굽은 등허리를
우두둑 꿈틀인다

고래는 등지느러미를 달고
하얗게 물살을 가르며
다른 고래들에게 파동을 보낸다

새 지느러미를 자랑하며
포말 한 모금 멸치 한 주먹
고래는 비로소 자랑스럽다

파장이 나자 고래들은
플라스틱 지느러미로 헤엄쳐
우물에 들어가 잠이 든다

아 고래는
동해 바다를 갈 생각이
애초에 없었고나

2021.02.21 01:02 시작

2021.03.26 마침

나는 어디로 가나

나는 어디로 가나

뻗어가는 하늘아
너도 다리 아플 때
쉬어가는 곳이 있니

막힘없는 하늘아
너도 마음 아플 때
쉬어가는 곳이 있니

하늘아 알려다오
나는 지금 어디에 있니
나는 지금에 어디에 있나
나는 지금 어디쯤 왔니

하늘아
저 멀리까지 보고 있다면
나 쉬어 갈 곳 알려다오

다리가 너무 아파
마음이 너무 아파
나 이쯤에서 잠깐
쉬어도 괜찮은 거니

2021.03.02 18:56 시작

왜 몰라

전해리

모른 척해서 기분 좋았니
내가 널 사랑한다는 걸
모른 척해서 행복했니
내 눈에서 분명
사랑이 보였을 텐데
내 입이 분명
사랑을 말했을 텐데
너는 끝내 모른 척하더라
그래서 난 널 떠났어
나는 그런 널
모른 척할 수 없었어

내가 널 그리워한다는 걸
왜 몰라
내가 널 그리워한다는 걸
어떻게 모를 수 있어

너 알고 있잖아
너 다 알잖아

내가 널 그리워한다는 걸
왜 몰라

2021.03.11 19:24 시작

이 시를 싱어송라이터 윤종신 님께 바칩니다.

마지막인 줄 모르고

다음이 있다고 애써 믿었어
다음이 오지 않더라도
내가 애쓴다면
다음을 만들 수 있을 거라 믿었어
그런데 그건 마지막이었어
그걸 이제야 알아
그게 마지막인 줄 알았더라면
달려가 안지 못해도
적어도 뒤돌아는 볼 걸 그랬어
그게 마지막인 줄 알았더라면
사랑한다 말 못해도
적어도 달려가 안을 걸 그랬어
너를 마지막으로 안고
다시는 놓지 말 걸 그랬어
너를 마지막으로 안은 날이
이제는 기억나지 않아
그게 마지막인 줄 몰랐거든

2021.03.22 02:56 시작
이 시를 싱어송라이터 윤종신 님께 바칩니다.

이미 늦었어

이미 늦었어
너는 너무 늦게 왔어
여긴 다 끝났어
네가 나를 등졌을 때부터
이미 너무 늦었어
가 다시 가
내 옆에 와서
미안하다 말하지 마

2021.03.29 18:33 시작

꽃 걸음마

차가운 바닥에서
혼자 뒤집기를 여러 번
딱딱한 바닥에서
홀로 허리를 들썩였다

엉덩방아 여러 번
넘어지기 여러 번
마침내 기지개를 켜며
꽃을 활짝 편다

신이 난 걸음마에
온 세상이 꽃이로구나
너의 신난 발걸음이
닿지 않은 곳이 없다

그러나 어느덧
하늘에 손이 닿을 듯
키가 커 버린
너는 청춘

발에 맞지 않는
분홍 아기 꽃신을 두고 간
너는 청춘

꽃신이 이토록 작았는데
너는 언제 이리 커서

하늘에 길을 내고 있니

나는 너의 걸음마가 남긴
꽃 발자국에 서서
눈물을 떨군다

이 봄은 얼마나 짧은가
이 봄은 얼마나 짧았던가

2021.04.06 03:09 시작

너의 의미-반어문

전해리

네가 나에게
어떤 의미였는지
너는 모를 거야

네가 나에게
어떤 의미였는지
나는 모를 거야

내가 너에게
어떤 의미였는지
나는 모를 거야

내가 너에게
어떤 의미였는지
너는 모를 거야

내가 나에게
어떤 의미인지
나는 모를 거야

2021.04.17 22:53 시작

자장가

전해리

네가 잘 때까지
내가 기다려줄게

2021.04.09 22:01 시작

이 시를 싱어송라이터 아이유 님께 바칩니다.

별똥별3

전해리

너의 미소는
나의 어둔 밤에
스치는 별똥별

내가 방심한 사이
너는 반짝
웃어 버렸고

그 앞에서
나는 소원을 빌었다
뒤늦게

별똥별을
한 번만 더
만나게 해달라고

네가 오지 않은
밤 앞에서 난
캄캄해진다

2021.04.14 21:18 시작

별똥별4

낯선 사람을 본 것처럼
무서웠떤 너의 미소

메마른 나의 세상을
할퀴고 지나간 너의 미소

2021.04.14 21:25 시작

발화

전해리

내가 피었을 때
다들 예뻐했지만

내가 피어나는 순간
맞았던 공기가
얼마나 차가웠는지는
아무도 모른다

2021.04.30 20:10 시작

自昂美
-봄이여 안녕히(Goodbye My Adolescence)

남몰래 피는 꽃이 있었다
남몰래 피는 꽃은 없다
사람들은 무심히 지나간다

봉긋 솟아 방긋 웃고
발그레 물든 널 보며
사람들은 감탄해 지나간다

고통 속에 살을 찢고
고난 끝에 뼈를 기른
너의 피와 흉터를 난 안다

늘 환한 건 피곤해
그것도 너의 피와 흉터
늘 웃지 않아도 돼

네가 피어나고 싶을 때
피어나
내가 기다려 줄게

사람들은 다시 지나갔다
아무도 너를 몰랐다
그런 너는 눈엣가시였다

네가 떠난 빈자리는

내 마음에 구멍을 내었다
그 터는 이미 감쪽 같았다

무엇을 담아도
영원히 채워질 수 없고
영구히 사라져 남았다

깊숙한 무덤 앞에서
나는 별똥별 앞에서
소원을 빌듯 빌었다

너는 어디서든 피고
너는 어디서든 나고
너는 어디서든 있다

어딜 가든 너만 찾고
어딜 가든 너만 보이고
온 세상에 너만 있다

너는 어디에도 있다

온 세상
내가 어딜 가도
너는 어디에도 있다

나는 어디에도 간다
나는 어디든 갈 수 있다

내가 가는 어디에도
네가 있음을 안다

나는 너에게 간다

2021.05.07 14:14 시작

2024.11.01 02:19 마침

여름으로 갈게

전해리

너의 볼을 만졌더니
손톱에 봉숭아 꽃물이 들었네

우리의 풋내엔
빗방울 묻은 풀내음이
어렴풋하면서도 진하고

매미처럼 소란소란
개구리처럼 올망졸망
떨어지지 못하겠어

나의 볼은 운동장 모래보다
뜨겁고
아이스크림은 그냥 녹아

우리 늘 여름으로 가자

2021.06.06 21:37 시작
2022.05.26 17:33
2024.11.03 01:35 마침

비포선라이즈(Before Sunrise)

전해리

하필 왜 내 옆자리였나요
자리가 그렇게 많았는데
왜 내 옆자리에 앉았나요

당신이어야 했어요
처음 본 순간 알았어요

난 널 알 수 없어
그래서 난 널 사랑해

난 이제 쉽게 사랑에 빠지지 않을
어른인데
당신을 사랑해보고 싶어요

2021.06.26 02:17 시작

시를 쓴다는 것

전해리

시를 쓴다는 건
나 홀로 소리소문 없이
저 깊이
파내려가는 것

높은 이상을
깊이 둥글려 둥글려

더러운 찌꺼기와
거름과 벌레를
온몸으로 마주하는 일

눈물과 땀으로
촉촉한 어둠
그 안에 웅크려
흙이 된다는 것

2021.06.29 03:34 시작

2024.01 마침

짝사랑

전해리

저 달도 날
보고 있는지 궁금하구나

2021.07.19 23:30 시작
2024.08.29 16:03 마침

四期

봄은 이기적이다

여름은 과다의 계절이다

주춤거리다 가을에 정복된다

겨울은 비가 내리면 끝난다

2021.07.27 03:15 시작
2024.08.29 16:06 마침

안녕이라고 해줘

전해리

가세요
가고 싶으면 가야죠
말리지 않을게요

2021.08.01 04:47 시작

가시(可視)-점강문

보아라
보이리라
보여라
보시라
보이라
보리라

2021.08.23 03:49 시작

사랑법-점묘문

전해리

당신을 사랑하지 않아

사랑해 그만
사랑했어 그만
사랑한다 그만
사랑하다 그만
사랑하오 그만
사랑하지 그만
그만 사랑하지
그만 사랑하오
그만 사랑하다
그만 사랑한다
그만 사랑해

2021.09.12 12:27 시작

2022.01.05 마침

130

초등학교 운동장

전해리

나는 훌쩍 컸는데
너는 훌쩍 줄어 있다

뛰어도 뛰어도 닿지 않던
끝은 스물 여섯 발자국 만에
끝장 난다

달려도 달려도 닿지 않던
운동장 트랙은 달려도 달려도
금세 제자리

할아버지 소나무는
머리를 잘리고
옛 친구 등나무는
뿌리까지 들렸다

날이 어둡도록
떠나갈 줄 몰랐던
우리 뛰놀던 웃음 소리
이젠 날이 밝아도
아무도 모이질 않는
우리

녹슬지 않은 쇳덩이 놀이터는
멀뚱히 서 있고
자라지 않을 자동차는

모래사장의 터에서 몸을 뉘인다

우리의 바람은
한 줌의 모래도 못 되고
운동장 모래 위
우리의 발자국은 보이질 않는다

무심하게 얼굴색만 바꾸는
뒷산에 울려 퍼지는 건
길 잃은 메아리
그 속에 우리 정다웠던
웃음 소리 어디로 갔나 하노라

바람 빠진 축구공은
홀로 운동장 모퉁이에서
돌아오질 않을 벗을 기다린다

세월에 찢긴 골대 그물은
아무도 매만져 주지 않고
자꾸만 찢겨 가네

흩어 사라지네

2021.09.17 02:40 시작

2021.09.28 마침

가을 바람

전해리

당신은 휙
돌아섰다

나는 뒤로 밀려
쿵 주저 앉았다

당신 얼굴 한 번이라도
볼 수 있을까 흐르는
이 눈물 한 방울마저도
말려버리네

당신은 그렇게
휙 돌아서
갔다

2021.09.26 21:19 시작

이 모든 외로움을 혼자서

아무도 간 적 없는 사막에
아기의 발자국이 나 있다

닦아도 닦아도
아침과 저녁마다
상에 먼지가 쌓인다

모래 폭풍이 휩쓸고 지나가도
아기의 발자국은 그대로다

그러나 아기는 보이지 않는다
사막은 보드랍다

바스러지고
부스러지고
스러진다

잔영의 뿌리는
어디 있을까

파도 파도
아무것도 없는 걸

2021.09.26 시작
2024.08.29 16:12 마침

내 글이 설 자리는 어디에

전해리

세상에 공짜는 없고
사람들은 책을 읽지 않고
SNS는 만질 수 없다

2021.09.26 시작

2024.08.29 16:15 마침

나비가 떠난 이유

전해리

홀로 남은 장미에게 물었어.
"나비가 왜 떠났는지 아직도 몰라?"
장미는 말하더라고.
"아직도 몰라."
나는 의아했어.
"나비가 왜 떠났는지 알고 싶지 않아?"
장미를 나를 쳐다보지도 않고 입을 움직였어.
"알고 싶어. 하지만 알고 싶다고 해서 알 수 있는 게 아니야."
"추측해볼 수 있지 않을까?"
장미는 아직도 나를 쳐다보지 않았어.
"장미는 오는 나비만 사랑하는 거래.
그러니까 떠난 이유를 알지 않는 거야."
"그래도 항상 말도 없이 떠나는 건 너무한 것 같아."
"나비는 떠나가지 않을 수 없어. 장미처럼 머무를 수 없어."
나는 아무 말도 할 수 없었어. 장미도 아무 말도 하지 않았어.
우린 당분간 아무 말도 하지 않았어.
세상이 밝아지자 장미는 이윽고 나를 바라보고 입을 열었어.
"나도 날아갈 수 있다면 좋겠다. 나는 오는 사랑밖에 못 하잖아.
나도 훨훨 날아서 내가 사랑하고 싶은 꽃을 사랑하고 싶어."
그렇게 말하는 장미의 꽃잎마다 새벽 이슬이 맺혀 있었어.

2021.09.26 23:26 시작

2021.10.01 마침

시를 쓰다 말다

...
하루가 너무 비좁습니다
하루가 너무 춥습니다
하루가 너무 매섭습니다

이렇게 시를 쓰다
혼자 눈 내리는 사막에서
폭삭 늙어버릴까 두렵습니다

그렇다고 시를 쓰지 말자니
군중 속에 어지러워져
젊음을 잃어버릴까 두렵습니다

하루 안에 갇혀
글썽이는 내가 쓰는 시는
먹먹한 얼룩일 뿐입니다

2021.10.04 01:01 시작

숨-점증문

숨
숨다
숨쉬다
숨기다

2021.11.15 15:27 시작
2024.08.29 마침

열리다-점묘문

홀짝
훌쩍
흘쩍
활짝
훨쩍

2021.11.17 06:14 시작
2024.08.29 16:22 마침

빈-점강문

전해리

남은 게 없어
남는 게 없어
남을 게 없어
남길 게 없어
남길 수 없어
남을 수 없어

2021.12.03 12:10 시작

2021.12.31 마침

yesterday

I was sad yesterday
Obviously sad
But I am not sad today
I ask myself
What happened to me?
But I can not find
an answer
Then suddenly I get sad
can't know the answer
for ever
Is that really sad?

2021.12.03 03:50 시작
2024.08.29 16:24 마침

藪作-트롱프뢰유

안개는
산이 꾸는 꿈임이
분명했다

안개는
산이 꾀한 꾸밈이
분명했다

2021.12.12 03:03 시작

착시-트롱프뢰유

행복이란 게 있기는 할까
행복이란 게 잇기는 할까
행복이란 게 일기는 할까
행복이란 게 잊기는 할까
행복이란 게 익기는 할까
행복이란 게 읽기는 할까
행복이란 게 입기는 할까
행복이란 게 잃기는 할까

2021.12.23 04:07 시작

진실

전해리

호수는 마음을 비추는
거울?

2021.12.27 12:52 시작
2024.08.29 16:26 마침

止水

전해리

애써 꽁꽁 숨겨둔
심장을 열어
고깃고깃 접어둔
마음을 펼쳤을 때
그 위에 적힌 말은
네가 보고 싶지 않아

펜촉으로
지면에 마음을 쓰는 대신
허공만 맴도는 것 보니
나도 모르게
너의 얼굴을
쓰다듬고 있었구나

2022.01.02 03:44 시작
2024.08.29 16:28 마침

가로등

전해리

혼자선 무섭고나
태양은 나몰라라
달은 구름 뒤로

네가 켜지길
기다리고 있었어

내가 두 눈을 깜박일 때마다
너는 큰 숨을 쉬듯 쌔액쌔액
가슴을 들썩인다

어째 너는
내가 어두울수록
빛나는고나

2022.01.05 12:45 시작

밤바다-go with the flow

전해리

밤바다를 거닐며
전화로
네 생각 나

나 없는 밤바다에서
생각으로
나에게

난 밤바다만
생각하면
네 생각 나

네 밤달은
꼭 차긴 할까

밤바다를 거닐면
전화로
네 생각 나

보고픔에
쓰라린 가슴

내가 그 밤을
지금 쓰고 있으니
나에게 밤 한 번
더 써 줘

그때는
달려갈게 너에게

어떤 달도 같이 보고
오고 가는 파도에
웃기만 하자
우리끼리만

파도보다 더 크게

그러나 지금은
나는 햇살이 되어
네 시의 당신 머리 맡에
파도처럼 부서지겠습니다

2022.01.30 02:31 시작

2024.11.03 마침

아빠

전해리

오늘은
날이 춥지 않다 했던가
아니다 날은 항상 춥다

온종일
날몸으로 세상에 맞서다
아니다 막아서면

그대가 오기 전
내 마음의 보일러를
먼저 켜둔다

세상에 또 나서기 전
아랫목에 마음 좀
녹여 가라고

내 마음을
덥힌다

2022.03.06 23:26 시작

여섯 시 하늘

전해리

너 칠판 덜 지웠어

칠판 위 희미하게
남은 너의 지문

손가락으로 문지를수록
뭉개져도 지워지지 않는
너

2022.03.20 02:10 시작

아니-점묘문

아니.
아니,
아니?
아니...
아니

저녁이 있는 삶

전해리

삶을 탁탁 털어
빨랫줄에 넌 다음
넌지시 저너머
내일 또 뜰 태양을
바라보고
바람결에 숨을
실어 보낸 다음
끓는 냄비밥에서
흐르는 하이얀 훈김과
구수해지는 내음에
하루의 수고로움을
온통 맡기는 것이다

2022.04.03 05:03 시작

2024.08.29 16:42 마침

그렇게

전해리

차라리 뺨을 때리지 그랬어

그럼 화풀이 당했다고
뺨자국을 넘들한테 보이며
자랑질이나 할 텐데

너는 스친 주제에
몸을 부딪치는
흔적 없이 가 버려서

마음에 뺨자국을 남기고
이미 가 버린 널
눈 쫓기라도 해보는데

너는 저 넘들 사이에
섞여 저 너머로
스르르 르르 르 르_ ... .. .

나는 너를 몰라
길 잘 가던
몸뚱이를 부딪쳐
길 잃게 만든
너를 몰라

너는 누구길래
나를

비틀비틀
비틀었나

그 자리에서
나는 우물처럼
해저로 가라앉아

대중으로
잠식되어
질식되어

고대로
선
섦
섬

끝

2022.04.14 05:02 시작

154

변천사의 날-점증문

날것이다
날 것이다
나을 것이다
나일 것이다
나인 것이다
나은 것이다
난 것이다
낸 것이다
내 것이다

2022.04.16 03:32 시작

시인의 조건

가지 못하여
쓰는 시는
가엾습니다

갈지 못하여
쓰는 시는
가무립니다

감지 못하여
쓰는 시는
가엾습니다

값지 못하여
쓰는 시는
가중합니다

갖지 못하여
쓰는 시는
가난합니다

2022.05.05 03:27 시작

아까시 계절1

전해리

5월은 하얗구나

공기를 날숨 끝으로 벌리면
그 속엔 아까시
한가득이다

새파란 젊음, 5월 청춘에는
새하얀
아까시 향이 난다

나는 하얀 꿈을 꿀 테다
늦지 못하는 하얀 꿈을 꿀 테다

아까시 향이 살금살금 걸어온다

5월은 하얗구나

2022.05.06 18:52 시작

157

아까시 계절2

아까시는
멀리 있어도
꼭 옆에 있다

아까시는
곁에 없어도
꼭 붙어 있다

널 코 끝으로 볼 수 있음으로
충분한 젊음

널 손 끝으로 만질 수 있음으로
충분한 젊음

온 계절이 너의 것이 아니더라도
이 5월은 온통 아까시
아까시는 오직 젊음

내 젊음도
아까시처럼
품에 안으면 얼마나
덜 슬플까

그치만 난 널 꺾을 수 없다

꺾으면 시들어 버릴

너를 나는 영영 가질 수 없다
나는 너를 영영 안을 수 없다

아까시의 향 끝은 비릿해
난 코 끝이 매워지고
손 끝으로 널 각인한다

아까시는 시들지 않는다
나는 애써 널 보지 않고 보낸다
아까시는 시들 수 없다

너 떠난 자리가 여직 하얗다면
그건 너 그리워 밤새 흘렸던
내 눈물 자국

하얀 젊음에 바치는
눈물
꽃이 방울방울 사라지네

2022.05.09 00:11 시작

2022.06.14 밤 마침

결실(決失)

전해리

여름의 척추가
부러지면
피처럼 퍼지는
이 가을아

어디선가
탄내가 실려온다

너는 쓰러져야
가을에 이른다

나는 진이 쭈욱
빠져 대지에
볼을 대고

가을비로 이상 고온의
어설픔을 고이 누르고

나는 지는 해가 아니라
나는 해에 목을 매달았기에
한 몸 뉘엿거렸어도

그렇게 멀어질까
말까

나는 잃기로 결심한다

2022.06.04 03:33 시작
2023.06.15 18:23
2024.11.03 03:46 마침

You're not the only one

전해리

가끔 당신 같은 사람을 만나요
당신은 아니고 당신을 닮은 사람
그럴 때마다 놀라
당신 같은 사람은 없을 줄 알았는데
당신은 오직 한 명이라 믿었는데
당신이 운명이 아니라는 거죠
아니면
당신이 보이는 운명 속에
내가 있을까요 아직도

2022.07.14 03:42 시작
2024.11.04 00:56 마침

무조건 가는 길

전해리

무작정 길을 걸은 건 아니야
나에게도 도착지 정도는 있어

걸어도 걸어도 걸어도
달래지지 않는 마음

발에는 이미 땀이 가득 찼는데
잠깐 앉을 곳에는 거미가 앉아 있고

윤슬이 저리도 많으니
홀로 발광이 의미가 없지

강 위를 스친 백로야말로
내 마음이구나

아니구나 하얀 플라스틱 봉지구나
저딴 것도 저리 자유로운데

태양은 구름 사이로
붉게 충혈된 눈을 가린다

집에 가는 이유는
고작 배고픔을 못 견뎌서

축축한 돌덩이 발
걸음마다 질질 붙잡히는 밤

가고 싶어도 닿지 않고
가기 싫어도 가야 하는
저어 서렸던 노을처럼

2022.07.17 19:23 시작

2022.07.19 마침

감당(感戇)

전해리

나에게 나는 너무 커
코끼리, 맘모스, 공룡보다 커

나는 아직 첫눈에
반하는 사랑을 믿어

우리 모두 조금씩 가여운 걸 알아

나는 내가 정말 잘 됐으면 좋겠어
나는 내가 덜 불행했으면 좋겠어

나는 날 있는 힘껏 사랑하고파
나는 날 꼭 안아줄 거야

2022.08.22 14:40 시작
2022.09.27 03:25
2024.11.03 21:07 마침

노팅힐(Notting Hill)

전해리

우리는 우리를 만나기 위해
기다렸나 봐요

처음부터 당신은 낯설지 않았어요
당신은 나에게 자연스러워요

내가 커피를 당신 셔츠에 흘린 건
당신 앞에서 바보가 되는 건
당신을 기다렸기 때문이에요

우리는 우리를 만나기 위해
기다렸나 봐요

당신이 떠나면 낯설어져요
당신을 놓기가 힘들어요

내가 바보 같은 소리를 하는 건
당신을 바보같이 놓지 않는 건
우리를 원하기 때문이에요

우리에게서 떠나지 않기로 해요,
영원히

2022.09.05 23:49 시작

2024.11.04 00:31 마침

166

왕관

전해리

반짝임은 멀리 서야 예쁘고
숫자는 거짓말을 하지 않아

반짝 하고 사라지는
깜박임에 마음을 껌벅 쏟아

보석이 와르르 쏟아졌는데
절대 올려다 보지도 않고
먼 길을 돌고 돈다

피리 소리에 휘둘리는 아이들,
눈을 가린 어린 양들,
빛을 착각하는 나방들

기껏 한다는 건 구경뿐이어서
저 아래 일찍이 잊은 자기네
청춘의 왕관을 구경만 하는구나

이제 들지도 못할 만큼
무거워진 청춘의 왕관
쓴 적도 없이 부속되러 내려 간다

2022.09.24 19:44 시작

2022.12.30 23:29 마침

바다

전해리

슬픔을 바다에 담가 놓으니
감정이 칠 때마다
슬픔이 몰려 온다

시계를 바다에 던져 놓으니
당신에게서 멀어질 때마다
추억이 몰려온다

꿈을 바다에 딸려 보내니
현실이 쏟아질 때마다
내가 가라앉는다

2022.09.24 19:44 시작
2022.12.30 23:29 마침

텅

나는 이제 잊기로 했어요
나는 이따금 와서
들여다 보지도 않을 거에요

내가 바다에 가지 않아도
날 미워하지 않으면 좋겠어요
나는 소원도 빌지 않을 거에요

진이 다 빠졌어요
흰 밤이 찾아오면
나의 흑색 가지들이
더 잘 보일 거에요

안녕 잘 있어
그동안 즐거웠어

2022.09.27 03:25 시작

2023.09.27 04:24

2024.11.03 20:14 마침

놀이

매서운 꽃폭죽이 터질 때
나는 그 아래서 넋을 놓았던 것 아닐까

매캐하게 떨어지는 꽃잎에도
나는 그 아래서 믿을 수 있었을까

뿌리 없는 꽃이 사라진 빈 구멍에도
나는 그 아래서 여전히 꿈자리를 헤매었을까

빛나는 건
별,
모래알,
윤슬,
이슬,
눈동자

그건 순이었음을

송두리째 흔들렸던 하늘도
움이었음을
폭풍우와 먹구름과 안개도
한이었음을
봄바람에 넘실넘실 떠나니
그 순간은 왕이 아니었음을

영원한 건

별,
모래알,
윤슬,
이슬,
눈동자,
그리고 여명의 한 줄기

시절이 아니라
그저 순이었음을

2022.10.10 02:59 시작

2022.10.13 마침

글을 쓴다는 것?

전해리

하고픈 말이 보글보글 끓는다
입에 거품이 인다

이 불행을 깊이 들이 마시고는
후우
방울이 폴폴 인다

더러운 때를 씻어내는
거품에서도
방울이 송송 피어오른다

뿌연 연기 앞에서도
비눗방울 안에는
무지개가 핀다

호호 불어 올린다

퐁! 깨진다

나는 그대로다

2022.10.14 17:55 시작
2023.03.16 02:13
2024.11.01 04:42 마침

사막

나는 구태여
사막 위에 서 있다

나는 내가
녹길 기다린다

삭막을 마주하며
우직하게 기다린다

내 안에 샘이
있을 거다

파내려 가기 위해
막막 안에 선다

이 안에 씨앗이
있을 거다

나는 애써
사막 위에 서 있다

2022.11.10. 01:46 시작
2024.11.03 23:24 마침

거울

안녕?　안녕!
나야?　너야!
정말?　정말!
진짜?

2022.11.19 03:21 시작

2023.04.21 10:49 마침

넌 떠나질 않고

전해리

당신은
코트 소매 끝에 묻은 향수처럼
남아서
코트 소매로 눈물을 훔치면

번진다

당신은
손목 시계 줄에 밴 향수처럼
남아서
손목 시계를 찰 때마다
당신이

은은하다

당신은
목덜미에 스민 향수처럼
남아서
바람에 머릿결이 간질이면
당신이

느껴진다

2022.11.21 16:45 시작

2022.12.30 마침

띄어쓰기

전해리

내 마음에도 띄어쓰기가 있다.

나는 내 마음을
일부러 띄는 것이 아니다.
띄어진다.

이 응어리들을 마치기 위해서
띄어야 한다.
채워지지 않아야 한다.

나는 내 마음을
일부러 띄는 것이 아니다.
띄어진다.

이 구름들을 움직이기 위해서
띄어야 한다.
그 사이에서 햇살이 나와야 한다.

내 마음을 붙이지 않아야
한 편의 글이 된다.

2022.12.23 21:34 시작
2022.12.23 22:18 마침

필기

전해리

너는 입으로 무어라 손가락질하지만
나는 손가락으로 무어라 써
숨통을 직접 튼다

너는 입으로 어디든 가지만
나는 발을 딛는 곳마다 낭떠러지니
손가락으로 가지를 틔운다

너는 입으로 무엇이든 하지만
나는 손가락을 움직여
무어라 남긴다

2023.01.01 23:10 시작

2023.01.01 23:25 마침

아이스크림

전해리

나의 젊음을
심장에서 한 스쿱 퍼내곤
그때부터 허겁지겁
핥는다

나의 젊음은
청춘 바깥으로만 나와도
끓어오르는 욕심이
화를 불러서
철철 녹는다

그러나 젊음을 아까워 말았길

당신이 죽음처럼 날 놀래키지 않길

2023.02.02 22:40 시작

2023.06.19 마침

출산

전해리

엄마,
나는 애는 낳지 않으려고

때때로
애를 낳는다는 게 무얼까
생각은 해

나를
결국 생각해

참 싫어
시밖에 쓰지 못하거든

사람이 사람을 낳아서
매일 무엇을 낳는지
생각해

언젠가 우리 모두 죽음으로
결말되겠지

하지만 엄마,
시는 남을 거야

이런 시를 낳는 나의
시는 남을 거야

내가 시를 쓴 것처럼
엄마가 낳은 나를
쓸 거야

2023.02.05 15:54 시작

2024.03.18 13:54 마침

사랑니

전해리

나에게 사랑이 또
매복되어 있던 거야

그 사랑이 모습을 또
드러내고 만 거야

그 사랑이 날 아프게 해
사랑하는 널 뽑아야 해

사랑니
사랑 네가 준 통증
나는 이 사랑을 빼야 해

이 통증을 어떻게 잊었는지
왜 기억나지 않는 걸까

너를 어떻게 잊었는지
어떻게 기억하지 않을까

너를 사랑하는 게 아파서
너를 나에게서 지우려고 하는데

정작 널 잊는 통증이
더욱 두려울 뿐이야

사랑니

사랑 네가 없는 통증
난 그 통증이 더 두려워

사랑 네가 준 사랑을
어떻게 잊을지 벌써 아려

네가 준 통증보다
널 잊을 통증이 벌써 아파

이 사랑을 간직할 수 없어서
사랑 네가

2023.02.18 03:43 시작

2023.02.18 03:52 마침

너의 이름1

너는 나에게로 와
꽃이 되었다지만
나는 너의 이름조차 모르니
너는 나에게 꽃이 아니다

2023.02.24 13:15 시작
2023.02.24 13:19 마침

184

꼭대기에 서서(Strawberries on Top!)

전해리

I bought a cake
to celebrate the publication of my books.
The cake is my heart.
There are strawberries on top.
I speared them with a trident.

이 시는 저의 사진 연작 〈넥타르(Nectar)〉에 속한
에피소드 〈꼭대기에 서서(Strawberries on Top!)〉을 찍으며 썼습니다.

청춘

전해리

카메라가 찰칵이고
사진이 팔랑이면
청춘의 뺨은
장밋빛을 잃고 만다

너는 너른 들판일 텐데
시대의 사각 안에 갇혀
잉크처럼 빛바라겠지

푸른 찰나에 모두
눈이 멀었을까
하늘은 결국 희뿌옇다

봄이 간 들에는
봄이 오지 않건만
바람을 그리워할 순 있을까

2023.03.09 03:13 시작
2023.03.09 03:36 마침

186

Missing You

전해리

널 평생 못 볼 줄
알았더라면

이 봄에서 난 떠났을까
너와 여름으로 갔을까

나는 이제야 봄인데
너는 벌써 여름이구나

내 봄은 아직 쌀쌀한데
너의 여름은 어떤지 난 몰라

네가 없는 봄에는
꽃이 없고 꿈이 있는데

꿈에서는 네가 보이는데
봄에는 네가 보이지 않아

난 아마 네가
평생 보고 싶겠지

Missing You

너의 가을과 겨울은
난 영영 알 수 없겠지

너와 빨간 뺨을 물들고
너와 하얀 입김을 불 수 없겠지

김이 서린 하얀 창 밖으로
떠오른 빨간 해는 볼 수 없겠지

이제 난 유리창을 닦고
눈 시린 하늘을 혼자 보겠지

난 아마 네가 평생
보고 싶겠지

보고 싶었어
보고 싶었어

보고 싶어서
너를 잃었어

Missing You

난 아마 네가 평생
보고 싶겠지

너를 잃고도 할 수 있는 말은
보고 싶다는 말뿐이야

보고 싶어
보고 싶어

~~Loving You~~

2023.03.11 00:55 시작
2023.03.11 01:14 마침

너의 이름2

전해리

네가 나에게
꽃으로 와서
꽃이라고 하면
너는 나에게
꽃이다

네가 나에게
꽃으로 와서
하늘이라고 하면
너는 나에게
하늘이다

네가 나에게
하늘로 와서
꽃이라고 하면
너는 나에게 꽃이다

나에게 너는
너 자신이다

2023.03.11 05:56 시작

2023.03.11 05:58 마침

마지막 한 걸음

울고 싶다고 말하면
진짜 울 것 같아서
울고 싶다고 생각도 안 했어

그런데 나 괜찮아 말한 순간
눈물이 왜 쏟아지는지
나도 모르겠어

내 선택만 틀린 것 같아
다른 사람들의 선택만
맞는 것처럼 보여

나 사실 당신 생각보다
많이 지쳤어

이제 마지막 한 걸음만
남았는데 그래도
바뀌지 않을 거라는 걸 알아

간절하다고 말하면
뭐라도 바뀔 것 같아
간절하다고 말했던 것 같아

그런데도 바뀌는 건
아무것도 없더라
세상에 버려진 기분이야

내 선택이 틀렸다고
생각하지 않아
왜냐하면 그게 나야

나 사실 당신 생각보다
많이 지쳤어

이제 갈 데가 없는데
나는 여전히 나야
이젠 어디든 갈 수 있겠지

나는 가고 싶은 곳이
없지만 내 발걸음은
세상 어디든 갈 거야

2023.03.21 04:05 시작

이 시를 노래 〈아름다운 이야기〉를 부른 가수 현진주 님과
노래 〈바람〉을 작사 및 작곡하고 부른 싱어송라이터 최유리 님에게 바칩니다.

하루 사이

전해리

하룻밤을 자고 나니
하늘에 목련이 풍성하다

하룻밤을 자고 나니
세상이 달라져 있다

2023.03.21 19:45 시작
2023.03.21 19:46 마침

성장-점강문

전해리

이른
어른
오른
얼른

2023.03.28 01:26 시작

2024.09.23 01:34 마침

동백꽃

산다는 건
꽃을 피워내는 것
온 정기를 꽃에 쏟는다는 것
올려주어 빨린다는 것

어느 날
신산한 시간의 기요틴에
꽃머리가 떨어져도
더러운 세상과 같이
쓰레받이에 쓸리겠지

누가 기억해줄까,
나의 마리 앙투아네트 머리를
시뻘건 것을

2023.03.28 03:52 시작

2023.03.28 03:55 마침

늦가을

전해리

뒤늦게 가슴 뛰고 싶지만
하염없이 가라앉아 저버릴
나의 처연한
서정

타오를 때
꺼질 일만이 남으니
타락하네
흩어지니 헤어지네

아무도 오지 않을
이 마음에서
나는 하염없다

젖은 낙엽에 붙은
불은 붙지 않고
꺼지지 않네

님을 향한 마음
달아올랐으나
낙루하니
거두어져 물드네

2023.04.13 17:56 시작

2023.04.14 05:18 마침

나를 지키는 것

전해리

불행은 늘
문 뒤에 있어서
오늘도 문 밖을
나설 수 없다

문은 열라고 있던 것 아니었나

문 뒤에서
나는 혼자서
우리 모두 어른이
되지 못한다고 믿었다

오늘도 불행이
문을 부술까
문 뒤에서
속삭임조차 못한
숨을 내쉰다

2023.05.09 03:17 시작

장미를 들였다

장미를 집 안에 들였더니
사랑하고 싶은 마음이 들었다

심장이
장미의 모양처럼 쿵쾅댄다

장미를
사랑하는 너의 이름으로
불러본다

아니다, 너의 이름이
이제 장미이니라

우리의 사랑은
볼품없는 플라스틱 화분에서도
어여쁘고

우리의 사랑은
실오라기 바람과 애오라지 햇볕에도
어여쁘고

우리의 사랑은
솜털 같은 가시와 아슬한 줄기 위에서도
어여쁘다

장미를 볼 때면

197

사랑하는 마음이 들고
장미를 맡으면
사랑하고 있는 마음이 들고
장미가 자라면
사랑한다는 마음이 든다

사랑아,
장밋빛 사랑아,
장미해요

2023.05.15 03:39 시작

2023.05.15 04:57 마침

붙잡음

오
늘 잊고 싶다가도
오늘 시를 쓰면
오늘을 잃지 않고 싶어진다

2023.05.15 04:59 시작

2023.05.15 05:00 마침

장미

전해리

이루고 싶었던 게
참 많았어

내가 널 썼다고
그렇다고 해서
향기를 내지 않으면
내가 떠날 때 마음이
너무 슬프잖아

너는 알까
내가 널 지울수록
장밋빛 꿈결이
짙어진다는 걸

2023.05.18 00:58 시작

2024.10.31 19:54 마침

나의 블루베리 사념

전해리

날똥구리가
껌은 한밤을 손으로 돌돌
퍼런 새벽까지 호호 만다

날똥구리는 손바닥으로
돌돌 만 한밤과 새벽을
동글동글 빚는다

날똥구리의 손바닥에
한밤의 껌음과 새벽의 퍼렁이
잘박잘박 샌다

통통 굴러다디는 깜깜청청에
시계 바늘의 날마다
즙이 맺히고 있다

씽크탱크는
블루베리에 잠겨
불이 들어오지 않는다

날똥구리는 퍼러둠에
갇혀 몸을 구부리곤
데굴데굴 구른다

껌푸른 풍성을 톡톡
터트리자 이상의 날개가

푸릉푸릉 푸득인다

블루 축축 적은
불에 인 스톰이 번쩍하면
날은 아웃된다

이 시는 저의 사진 연작 〈넥타르(Nectar)〉에 속한
에피소드 〈나의 블루베리 사념(My Blueberry Thoughts)〉을 찍으며 썼습니다.

기꺼이

전해리

내 밤에도 별이 있다면
나는 어두워져야 한다
그렇게 해서라도
나의 어딘가에서
빛을 낼 것이다

2023.05.31 01:39 시작

2023.05.31 01:39 마침

one day 어느 날

Sometimes, life gets
very unlucky.
But I have to stand.
When I look up,
I suddenly feel like
I forgot what have I longed for.
But the moment
I catch sight of the contorted moon.
It is too beautiful
to fall in an illusion.
I've just found my
genuine dream.

가끔 정말 불운할 때가 있어
하지만 나는 버텨야 하고
고개를 들면
내가 무엇을 바랬는지
생각이 나지 않는 것 같아
그러다 비뚠 달을 보면
너무 아름다워서
저게 바로 내 꿈이라고
믿어버려

2023.06.02 04:10 시작

밥을 하다

전해리

나는 여자로서
밥을 하는 것이 부끄럽지 않다

나는 작가로서
밥을 하는 것이 부끄럽지 않다

그러나
글밥을 하지 못해 부끄럽다

2023.07.17 12:34 시작

2023.07.17 12:34 마침

거미

전해리

거미는
줄행랑이 빠르다
그런데도 제 만들 줄에 걸려서
벗어나지 못한다

그렇지만
나는
바람에 끈적이도록
흔들리는 거미가
되고 싶다

저 변덕에 찰지게
붙어
처절하지 않게

바람이 약한 게 아니라
내가 너무 질겼구나

펄럭여도 끊기지 않는
거미줄아

2023.07.18 21:33 시작

2024.11 마침

첫 만남-go with the flow

캄캄한 방 안에
은은한 전등을
켠 너

불을 밝힌 건
너인데 예쁜 건
나란 너

만난 적 없어도
목소리만 들어도
내 옆에 있던 너

환한 밤도
너 없이는 너무
캄캄해

첫눈에 알아 보았지
날 오래 기다렸을 너

처음부터 알았어
우리는 잘 맞는다는 걸

첫눈 오는 날
흰 눈처럼 주고받은 꿈

환한 밤도

너 없이는 너무
캄캄해

2023.07.26 23:40 시작
이 시를 싱어송라이터 크러쉬 님에게 바칩니다.

프시케와 에로스-go with the flow

나를 번데기 밖으로
이끌고 어느 봄으로
갔나요,
에로스

어느 나비에게
갔나요,
에로스

우린 놀랍게도 같은 곳을
보고 있었는데

지금 왜 다른 길에서 서로를
보고 있지?

봄은 참 짧았어
우리 같이 있는 시간
너무 짧았어

그때는 봄이
짧은 줄 알면서도
나는 모른 척했지

나는 아직도 네가
다른 나비를
사랑한다는 사실이

209

믿기지 않아

봄은 또 온다지만
봄은 또 안 와

2023.07.26 23:49 시작

Instant Stories

전해리

파편을 정신없이
끌어모았을 때
정신을 차리게 되고
괴를 발견하는 것이다

I felt useless

When I look back,
they look pretty
quite lovely,
somehow lonely

They didn't
vanish
just had gone
instantly

That's all

2023.08.05 01:46 시작

인절미

전해리

너는 나비처럼
세상이 반갑고

너는 이파리처럼
대지를 뛴다

너는 보조개처럼
내 손을 깨물고

너는 달고나처럼
날 보고 웃는다

그리고 너는 사람처럼
나를 꼬옥 잡았다

그새 잠에 꼼박 든 너의
등을 쓰다듬으며 세상은 어쩌면
새근새근 꿈도 뛰노는
아기 리트리버라고
깜박 믿어버린다

내 손길과 발길을 떼자
너는 비눗방울처럼
왜 꿈에서 번뜩 깨었니

나는 어제의 행복을

담박 잊고
네가 남긴 방울 자국을
돌다리처럼 건너

금빛 나라로 가는데
너는 물방울처럼
왜 나를 바라보았을까

뒤를 돌면 있을 것 같은데
앞으로 다가갔을 때
너는 은방울 소리처럼
떠나고 남았더라

2023.08.11 19:17 시작

자기 소개

나는
거의 장미,
길게는 아까시 꽃,
한때는 봉숭아 꽃이에요

2023.10.07 시작
2023.10.07 마침

말할 수 없는 고백-go with the flow

이 노래는
뒤늦은 변명이 아니야

너를 풋풋하게 사랑하기에는
나는 폭폭하게 살아야 했어

내 마음이 꿈으로 찼다고 해서
널 향한 심장이 뛰지 않은 건 아냐

I loved us
I love us
하지만 나는
말할 수 없었어

I will love us
forever
하지만 나는 평생
말할 수 없을 거야

이건 사랑 노래인가요?
아니요
왜냐하면
I can't say
anything sweet
because
I naver said

I love you

이 노래는
뒤늦은 후회가 아니야

너를 평범하게 사랑하기에는
나는 핍박하게 살아야 했어

너를 사랑한다고 말하기에는
사랑하면 안 되는 내가 더 소중했어

I loved us
I love us
그래서 나는
말할 수 없었어

I will love us
forever
그래서 나는 평생
말할 수 없을 거야

이건 사랑 노래인가요?
아니요
왜냐하면
I can't say
anything sweet
because
I naver said
I love you

난 평범하게 살게

넌 특별하게 살아
This is maybe the only
way to love us
who were young
forever
forever

난 평범하게 살게
넌 특별하게 살아
We were too young
to say I love you
so much
so much

2023.09.02 03:34 시작

각오(覺寤*)

전해리

달은 닿는 게 아니야
밟는 거지

해바라기는 지는 게 아니야
시든 거지

사랑받았으나
사랑하고 싶지 않았다

아름다운 것들을
아꼈으나
결국 허무했다

닳는 게 아니라
허무는 것이다

네가 원하니
두고 떠나겠노니

넌 무감각하게
떵떵거려라
무너질 날이 오기 전에

2023.10.11 04:17 시작

* 꿈에서 깨다

218

그날의 바다-go with the flow

전해리

가닿을 수 없을
이야기가
얼마나 많은지

사랑에 빠지듯
바다에 던졌어

이야기는
바다로 넘실대는데

그 안에 사랑 이야기는
하필 없어

널 평생
사랑하지 못할게

내 바다는
차가워지지 않을게

우리가 바다에서
건져올릴 수 있는 건 없어

우린 사랑을 한 적이
없잖아

2023.10.28 03:42 시작
2024.05.16 04:36 마침

됐다

전해리

너는
나에게
와서
꽃이 되지 않아도 괜찮다

그저 존재해다오

2023.10.29 03:50 시작
2023.10.29 03:52 마침

엄마

전해리

검을 밤에서
저 쇠달은 고고히 은은하기만 한데
엄마는 구태여 고개를 숙여
여린 아가 잎싹이 기특해 찬미한다

2023.11.05 22:40 시작
2023.11.05 22:45 마침

결정의 과정-점묘문

진하다
징하다
장하다
정하다

2023.11.07 04:34 시작

가질 수 있던 것을 가질 수 없게 된다는 것은 1

잊히어야 한다
너는
너의 가슴을 데웠던 것들을
차가운 시간 속에 묻어야 한다
외롭고 쓸쓸하고 허전하다
무지개와 필름은 변색되고
연을 단 끈은 얼레에
잡힌 줄도 모르고 신났다
바람이 부는구나
바람은 무정한데
눈시울이 뜨거워진다
바람아 너만 분주하고 서러운 게 아니란다
한 번만 더 딛고 싶구나
내가 있던 곳으로
끝까지 사랑받지 못했으므로
이렇게 잊힐 줄 몰랐던

2023.11.09 03:26 시작

가질 수 있던 것을 가질 수 없게 된다는 것은 2

전해리

낡지 않는 것은 없다지만
너에게 잊힌 존재가 되었다는 건

난 아직도 말 한 마디에
들썩거리는데

나는 사랑하면
사랑해야 해서 스스로 디도의 재단에 올랐다

네가 혹시라도 내 생각을
어쩌다 떠올릴까 나는 하염없지만

2023.11.15 00:40 시작

사계절과 강산과 바다

전해리

강산도 바뀌고 사시사철이 변해도
소용 없어요
우리 아빠는 보러갈 수도 없는데
왜 봄은 꽃을 피우나요

사람들은 열 줄기도 모르는데
우리 아빠는 온종일 태양 아래서
그늘과 바람을 모릅니다
왜 여름은 사람을 태워야 하나요

사방이 알록달록해 다들 마음을 물들이는데
바싹 타 새까매진 우리 아빠는 벌써
겨울 내복을 꺼내 바람을 걱정합니다
왜 가을은 바람의 칼날을 가나요

메마른 고목이 된
우리 아빠가 새벽 바람을 뚫고
고드름보다 더 버티어야 하는데
왜 겨울은 추워야 하나요

딸의 걱정은
사계절보다 길고
강보다 깊고
산보다 높고
바다만큼 변함 없어요

2023.11.18 05:32 시작
2023.11.18 05:46
2024.11.19 03:09 마침

대나무와 뱀

전해리

여기저기 솟아난 대나무 숲 속에서
길을 하염없이 헤매다
눈에 밟히는 대나무를 베어버리니
눈 앞에 뱀이 나타나 묻길,
너를 찾느라 이 속을 헤매었는데
네가 나를 도리어 찾아주었구나
나는 비웃으며 답한다
네가 나를 찾은 건
없어진 대나무 때문이 아니라
쓸모없는 대나무를 벤
나 덕분이니라
야속한 대나무 숲엔 번뇌가 없고
사악한 뱀 따위엔 베풀 만용이 없다

2023.11.27 17:57 시작

너만의 길

전해리

너에게는
너만의 길이 있어
너만을 위한 길이야

찬 바람 모르는
온실 속 그들을 보며
네가 잘못된 길에
들어섰다고 생각하겠지

주저 앉아 엉엉
울지도 못하면서
지난날 사랑을 포기한
네 자신을 후회하겠지

왜 나는 제외될까
왜 나는 배제될까
행복이라 여기는 것들에

잘못 되어도 단단히
잘못 되었을지 몰라
그치만 너 자신이면 돼

너에게는
너만의 길이 있어
오직 너만의 길이야

그 길은 잘못될 수 없어
그 길 위에 너는
가고 또 가는 거야

행복해서 행복이
뭔지도 모르는 그들을
부러워하지도 못한 채
노력하다 탈진하겠지

노력이 뭔지도 모르고
그들이 찍는 실패자란
낙인에 억울하겠지
말 못하게 서럽겠지

왜 나는 제외될까
왜 나는 배제될까
인정이라 여기는 것들에

잘못되진 않을까
걱정하지 마 걱정 마
그저 지나가는 순간일 뿐

너에게는
너만의 길이 있어
오직 너만의 길이야

그 길은 잘못될 수 없어
그 길 위에 너는
오롯이 너 오로지 너뿐

그 길은 너밖에

갈 수 없어 가 버려
가고 또 가는 거야

2023.12.07 19:11 시작

겨울비

전해리

나는 겨울을 도저히
어쩌지를 못하겠다

심지에서 타오르는
안개일까 연기일까

나락에서 용감하지 못한 채
발만 冬冬거리는
잔가지

저 멀리 차가 지나가면
내 마음 바닥에
스크래치가 이는 소리가 난다

취약하고 미운 내 청춘아

그 끝에
겨울비가 내린다

사랑하지 말자
사랑하지 말지어다

겨울에 비가
어쩜 이리도 내릴까

2023.12.30 15:30 시작
2024.01.17 11:11 마침

230

설원

전해리

팔팔 끓는 냉골에
웅크려
시를 씁니다

타는 마음,
탄내가 나는 마음을
꽁꽁 얼은 손으로
재를 털어냅니다

불안은 폭설처럼 내려
나를 덮치는데
나는 잠들 수 없습니다

펄펄 끓는 냉기에
도사려
시를 씁니다

나는 굳지 않을 겁니다
굽을지언정
굳지 않을 겁니다

2024.11.03 23.05 마침

결국 또 봄

전해리

지난 나비몽일랑 잊고
벌과 새가 되어
어디든 날아 가자

손톱마다
딸기물이 들고

눈꺼풀마다
목련길이 나고

봄바람만 불어도 나는 설레었고
벚꽃비처럼 당신은 갔네

봄은 흔적도 없이 떠나고
벚꽃은 질 때가 가장 아름다웠네

2024.03.27 01:11 시작

과학

전해리

달에 간 순간
저 달은
달이 아니다

2024.06.08 15:12 시작
2024.06.08 15:13 마침

233

문학

전해리

나는 달에 가지 않아도
달을 쓰는 것만으로도
달을 만진다

2024.06.21 18:43 시작
2024.06.21 18:44 마침

기디온

나는 엇갈리는 작대기들
사이에 갇혀
가슴이 찢어지고
그 사이에서
늙은 심장이 튕겨 나온다

사랑이란 말에
흔들리지 않을 자가
있으랴

사랑에 흠뻑 젖은
청년 앞에서
나야말로 한낱 환상뿐이네

나를 불러주는 이름 없이
잊힐까

안녕, 기디온
이제 남의 청춘이여

빈 자리에서
데이지가 흔들린다

2024.08.02 18:54 시작

2024.08.03 04:23 마침

이 시를 김수찬 군에게 바칩니다.

고마움을 전하며

그 청춘은 나에게 '저렇게' 살아야 한다는 의무 또는 강박이었다. 그 청춘이야말로 궁지였고 긍지였다. 불우함만 부각되는 유년 시절과 불행, 우울만 남은 학창 시절을 가진 나는 얼른 성인이 되고 싶었다. 빠삐용처럼 또 벚꽃을 기다리는 마음처럼 청춘을 늘 기다렸다. 특히 스무 살을 광적으로 선망했다. 일본어로 스무 살은 はたち(하타찌)인데, 다른 나이는 숫자와 '세(歳)'를 합쳐 나타내는 반면 스무 살은 특별한 나이니까 はたち라는 고유 명사가 존재한다는 설파에 나의 십 대를 매도했다. 나는 열아홉 살의 마지막 날까지 기대를 했다.

아직도 열아홉 살의 12월 31일에서 스무 살의 1월 1일로 넘어가던 시간이 형형하다. 대망의 스무 살 1월 1일의 전날인데도 시끌벅적하게 할 게 없었고, 엄마와는 냉전 상태였으며, 하는 수 없이 영화 '보이후드(Boyhood)'를 보았다. 영화를 보고 화가 났다. 제야의 종을 TV로 보았고 아무 일도 일어나지 않았다. '신데렐라' 구두의 마법이 사라지는 것도 그만큼 극적으로 허무하지 않았을 것이다. 열아홉 살의 12월 31일과 스무 살의 1월 1일은 데칼코마니처럼 똑같았다. 그토록 고대했던 스무 살 청춘은 파티가 아닌 좌절에서 시작되었다, 평소처럼.

어릴 적부터 '애어른'이란 말을 듣고 자란 사람은 벤자민 버튼처럼 이십 대를 맞았다. 나는 소외감을 느꼈다. 친구들과 동기들이 누리는 풋풋함과 나는 상관이 없었다. 스무 살이 넘으니까 더욱 극명했다: 저 청춘은 나의 청춘이 될 수 없구나. 풋젊음과 싱그러움은 차원이 달랐다. 나는 한이 서린 청춘이었다. 스무 살이 되자마자 걱정거리와 경

악거리가 끊이지 않았다. 나를 더욱 화나게 만든 건 인간이 가장 쌩쌩할 시절을 엉뚱한 곳에서 허망하게 허비했다는 점이었다. 이 점이 억울해 심장에 늘 사무쳤다. 그래서 이십 대 청춘의 반은 절망에 차서 가라앉아만 있었다. 두문불출하거나 잠만 주구장창 자는 일이 잦았다. 그렇지 않아도 평소에도 나는 병든 닭과 다름없었다. 인간이 돌도 씹어 먹을 시기에 두통약, 알레르기 약, 알약 소화제, 물약 소화제, 진정제, 수면제, 항우울제, 두통예방약, 그 외에도 많은 알약들을 목구멍 뒤로 넘겼다. 약 기운을 못 이겨 이불에서 일어나지 못하는 날도 허다했다. 시름시름 앓는 이유는 언제나 둘 중 하나였다. 뜻처럼 되지 않음에, 혹은 뜻을 밀어붙이다 제풀에 지쳐서. 나는 그냥 단순하게 행복하고 싶을 뿐이었다. 그런데 그게 안 됐다, 어떤 이유에서든. 그렇게 아등바등하다가 끝났다, 아무것도 바꾸지 못하고 아무것도 바뀌지 못한 채. 결국 나는 유년 시절, 청소년 시절에 바라던 것들을 하나도 이루지 못했다: 싱그러운 청춘, 눈부셔서 쳐다도 못 볼 청춘, 오늘 하루 너무 행복해서 미래는 꿈 꿀 필요도 없는 청춘.

내가 사랑하는 것은 왜 나를 사랑하지 않았을까.

내가 사랑했던 것은 왜 나에게 끝까지 매정했을까.

신이시여, 왜 인간이 가장 아둔할 때 젊음을 주셨나이까.

그 모든 것을 잃었다고, 놓쳤다고 자부한 순간, 그 모든 것이 나타났다.

2024년, 한국 나이로 스물아홉이 되자 나는 조바심이 나고 있었다: 얼마 남지 않았구나. 만나는 사람들과 나이 차가 벌어진 것에 억지로 익숙해질 무렵, 이 친구들은 정말 반짝거렸다. 팅커벨이 금빛 가루를 뿌린 것처럼 반짝거렸다. 이 친구들과 웃으며, 이들을 지켜보며 행복함을 느꼈다. 이들의 적당하게 치열한 고민과 노력이, 순수한 마음이, 활기찬 일상이 예뻤다. 이런 사람들과 어울릴 수 있음이 고마웠다. 이 친구들에게서 내가 투영되진 않는데 반사되었다: 나의 청춘이 나의 기대와 달랐다고 해서 청춘이 아니었던 건 아니다, 그 사실에 나는 심장을 친다고 해도. 그런데 처음으로 위화감을 느끼지 않았다. 우리 사이에 관통하는 무언가가 있었다. 나는 비로소 확신했다, 어쩌면 어림, 젊음, 청춘, 그것들을 뛰어넘는 무언가가 있을지도 모르겠다고. 그건 어림, 젊음, 청춘과 같은 누구든 아는 고유 명사가 아닌 것이다. 속세와 상응하지도 않고, 시간에 종속되지도 않는다. 정작 그 한가운데 있을 때는 몰랐다. 알 수가 없었다.

나는 시야가 얼마나 좁았던가. 왜 슬기롭지 행동하지 못했을까. 나의 몰이해가 모든 걸 망쳤다. 하지만

다 가질 수 없어서 고작 몇 개만 골라야 하는데

무엇을 놓치지 말아야 하는지

무엇을 탐내지 말아야 하는지

무엇을 가지지 말아야 하는지 혼란스러웠다.

무얼 입어도, 걸쳐도 예쁠 나이였는데 나에겐 가난이 그 누구보다 서럽고 뼈가 시렸다.

나와 별다를 바 없는 친구가, 사람이

나보다 좋은 환경에 처했다는 이유로

나보다 높은 곳에 가뿐히 있다는 사실이, 출발선이 다르다는 진실이, 좋은 곳에서 좋은 나이를 만끽한다는 현실이 받아들이기 힘들었다.

죽고 싶을 만큼 노력해도 바꿀 수 있는 것이 없어서 비참했다.

그런 시간이 홀연히 관통하며 나오는 건 청춘을 욕망했듯 글을 처음 쓸 때부터 갈구했던 시였고, 내 옆에 서 있는 건 남녀노소를 불문하고 그 시를 쓴 나를 받아주는 사람들이었다. 그리고 그런 시간이 어느새 저 멀리 있다, 내가 시를 쓰는 사이.

아무리 불행했어도 결코 다시 돌아오지 않을 나날들. 하루도 최선을 다하지 않은 날이 없었는데, 그냥 싸그리 갔다. '보이후드' 속 엄마의 말이 맞았다. 남은 것도 아니다. 보이는 것도 아니다. 그냥 다 가버렸다. 그토록 천진한 어린 시절도, 원통한 청소년 시절도, 미운 청춘도, 미욱한 아까시절도 다 가버렸다.

찬란하거나 눈부시지진 못했어도,

확신과 불신 사이에서 갈팡질팡하고,

좋아하는데도 의심해야 하고 사랑하는데도 망설여야 했으며,

들킬까 비루했고 잃을까 쫄았으며 똑같을까 조급했어도,

옳지 못했어도 틀리지는 않았으리라.

다시 돌아갈 수 있다고 해도 나는 돌아가지 않는다. 가져갈 것 없는 청춘이라 다행이다. 시간에 물을 책임이 없어 안심이다. 이제는 중학생 제자들을 웃으며 대할 수 있다. 스무 살이라는 '나이'는 시시하다. 이십 대라는 '나이대'에는 질렸다. 그러나 여전히 시시하지 않은 건, 평생 질리지 않는 건 이 마음이다. 한 시절의 마음이 아닌 것을 평생에 걸쳐 확인한 셈이다. 사람은 변하지 않는다. 드러날 뿐. 시절보다 중요한 것이 있다.

일평생 처음으로 달갑지 않은 신시절이 시작하기 직전,

지난 시절들에서 이룬 것은 없으나 나를 찾아 지켰다고 고백하며,

그것만으로 되었다고 실토하며,

그러므로 어딘가의 한복판에서 서서, 다시 한 번 더.

나는 한 번만 더.

나는 이번에는 내가 행복하면 좋겠습니다. 내가 덜 아프면 좋겠습니다.

나의 글이 당신 삶의 겹과 결이 되길.

　항상 이상하세요 .

2024년 11월 25일

전해리 드림.

그리고 마치기 전에
(Epilogue)

잊게 될지라도 한 번만 더

전해리

고작 몸부림뿐이었다
고향 없는 봄의 언덕에
서서 짖은 포효는
허무였다

청춘의 껍데기를
벗어던지고
부등깃으로
힘차게 뻗어가리
애초에 길 따위 없는
하늘 속으로

2024.10.12 05:53 시작
2024.10.30 13:20 마침

2017년 10월 7일 오전 2:02
<맨 사랑>

당신은
늦은 여름이었던 날 잡아와
매일 돋은 행복이었던 날 바라보네

눈이 시린 빛나겠는
어느 밤에 잠기네
행복을 닮아가 물드네

높여졌은 야망 마주서
가을 깊은 미워지네
더 이상 흔적을 찾을 수 없네

저릿저릿 걷다보니
이미 붉어져버린 낙엽이
내 발길 어디쯤하네
내 발가락 물들이 버렸어

이거 끝마침 헤매지
미처 말아보지 못했네
잊사귀는 그 색이 섞어져
발걸음을 바스러뜨리는 것아
빛이는 길

2017년 11월 7일 오후 3:04
<나의 시, 나의 꿈>

나의 시
나의 꿈

아침게 지지 않을래
마음이 너무 애틋해

조심스레 김을 쉬키고
하나하나 지어들리지만
그곳직로 깊게 잘린

나의 시
나의 꿈

쉽게 얻어버릴까
마음이 얕아져 조용히 울어나려

행복을 마주보지
결국 검을 많이 붙어버리고마는
서투르고 어린

나의 시
나의 꿈

인터넷게 시울어바랄까
마음을 끌어당어봐

때론 닳았어 자나가는 것들에
눈물과 저릭
마스플 제게 올리는

나의 시
나의 꿈

2017년 11월 18일 오전 12:00
<잃시고>

얼마큼 피어난 해바라기자국들
우리 셋도 다시 태어나면 얼마나 좋을까
우리 할머니가 지문 시
나는 또 눈물에 날개

우리 할머니
헤어뜨리는 아니�아
헤어뜨기 카페로 태양이었지고
방긋 같은 손길로 차마너지 못한
예쁜 꽃의 얼굴이랴나지

우리 할머니
얼마나 피어난 헤어뜨리는 아니잖아
저 행복한 건널 줄 아는 태양이었지요
낮이고 밤이고 발을 내고 받아 나는
그런 생각이지요

2017년 11월 28일 오후 2:59
<존재>

나의 존재는
바다 위의 미련들이 번지거는 불
볼 여백의 미련들이 출렁이는 바다
바다는 불을 삼을 수 없고
불은 바다를 삼을 수 없다

이쪽 혹은 모순되긴 존재들은
서로를 같아 먹을 들어 모르듯기다라
이쪽 혹은 화해할 뜻 수 없다

감정이란 행복하던 관심일 뿐
사랑이란 그저 창밖 희망일 뿐
결국 바다와 불사이의 선물
우리의뿐 눈 없네

바다는 슬픈 미련을 떼나고
붉은 슬픈 멜라을 떼나고
각자의 존재를 견디라며
영원토록 지워질수 없는 눈물을 흘러내

2018년 1월 11일 오전 1:39
<엄마>

강물 앞에서
나쁜 끝을 볼 수 있을까

삶의 무게만을 닮은 엄마

그리고 그만 잡아나비요 엄마
새벽빛이 밝아오기 전에

24.08.29

2017년 10월 7일 오전 2:17
<잃시>

우리 할머니가
갑자고로 시 지어오셨네

동그물게 손 둔으며
번칙 손에 꼭 쥐어
한 자 한 자 꼰은 글씨

카메도시도 돌기자시시네
세상 보는 게 이미 돌려자시시네
헤어러지는 얼마의 피아노시면
우리 할머니 미워서야 피어요네

2017년 11월 5일 오후 2:25
<너를 만났을 때>

낮의 밤의 경계선이
오흐해지는 시간

화백일 분이 하늘이
노을의 피드를
점자 실려가는 시간

문 세상의 처음이
구성함을 찾게 가는 시간

너를 향한 마음이
분명해지는 시간

2017년 1월 10일 오전 1:59
<마그리트>

당신의 아이데는
허전한 화백일 구름이 늘 떠올고 있지요

흐려니 길에서 마주치면
나는 가녀른 갈매 놀이리면

아, 당신의 아닌 그저
골골드의 신사윤에 불곡한버러지요

그렇다고 빠서 선도직 한송이
당신에게서 구름을 불러올 수 있지요

당신은 나에게 마그리트,
당신은 나에게 초현실주의

허전한 화백일 구름에
정신은 아득히 연게 속으로

깨어날 수 있는 단 한 가지 방법은
파란된 소후 트런지를 꺼내나
당신의 영원히 잃을지 않는
어리석은 어린 시립에 마주는군요

마치나 저릭니 나는 당신을
찾아해봐와 두려워서이
맛두어봐라 두려워이

그러나 당신 붓디,
저 세백앞을 조심히 잊는세요
머리 위 구름을 걸어놔라요

2017년 11월 16일 오후 12:25
<봄사랑>

만저 걸어서 문득 되돌아봐나니
당신 저나간 특위의 더 잃을 보이지 않아요
저 둘어가고 부서진 너희 헤쳐서
당신의 발검을 다시 찾아놓아 예쁘도
딸까 혜른 시간이 당신을 앞자버렸어고
나는 거꾸로 돌을 속의 분기라지 남바음들

독즉해인 할 때가 내 불을 감다 더나고
그 잃매 속 주매의 찾아서 사라제되 흐르고 있어요
이 기억을 많을 녹인 솔이솜이 내리고
나는 아무에도 늦 얹던 거기곳에
오래 머무 오래 내 믿을 개런 않아요

망랑맛은ㅡ 어 눈송이가 사채의 찾아는 소리가
당신이 나에게 다가왔던 발걸음 소리처럼 들어
그냥 가끔히 귀기울이건기,
이게는 이 자리를 다시 떠날게레나고
이게는 매음 같아 만고 떠날게래이

2018년 1월 12일 오후 5:42
<파도>

당신은 모래 위로 몰려왔다가
내러가는 파도처럼
내 마음에게 그렇게
빗기어 나가네

내 마음 흐백 적셔놓고
손에 잡히지 않게 도낭 가버리다
나에게나 그렇게
정말 달려니 바라니 전가요

내 마음에서 그렇게
부서지지 마요
나도 당신 마음에서 그렇게
파도처럼 부서지고 싶지 않아요

내 마음 이렇게
가득한 거 남아나요
모래알처럼 꼭 자고 버디처럼 파랗게

당신을 몹시 사랑하는데
순간 지나가는 파도여고 싶지않애
밤이 오라고 재촉해도
길게 머무는 노을이면 안될까요

2018년 1월 25일 오전 12:36

밤이 깊어가고
부모 또한 길어간다

2018년 1월 17일 오후 4:43

하루 끝에
한서리처럼 떨어지는
시 한줄

2017년 11월 14일 오전 3:46
<나의 미래, 애벌레>

오늘은
발걸음 분간할 수 있는
세백십이면 돌려갔습니다

나는 잠깐에도
당신의 문 닫히는 소리가
돌렸니다

오늘은
세백같은 당신에게
위운 걸음이 돌렸습니다

나는 잠깐에도
당신의 세백빛 어리같을
마음지고 왔니다

나는 잠깐에도
다녀오세요
인사말을 입에 머금습니다
다정한 어머의 목소리는
아자 지저겐느 무섭습니다

포푼한 어머의 처리는
아니 구부정해가 뒤싱습니다

문제 같던 행운 소리는
점의 집어든 어른에게고
그러운 아버의 모습도
그얼굴 아른해져니다

쉬지겐 당신은 아자
당신이 말하며
남에 만기겐릴어나
모호해져 갔니다

나는 오늘 밤
당신이 집게 둘아오면
다녀오셨어요
반성갑을 삼겠게 건강하
종일 연습을 해봅니다

나는 오늘 밤
집으로 돌아오는 당신이
나린 저은 손을 건나면서
나의 그릇을 어어었음
종일 바라고 또 바랍니다

이 세백같게 순배
나 다닌 당신의 붙을 언어올
파스나고 집 마스처 행해야
기다려고 잇걸 바라고 또 바람니다

2017년 11월 17일 오전 1:20
<여름과 어린 양>

뙤감고 어린 양이
구슬초게 울부짖네

어린 양의 친구는
세백날 밝힐 퍼 고운 이슬

어린 양을 보호하는
흔흔한 얼룩바는
더 이상 찾을 수 없네

어린 양은
다정한 부모가 그리워
매일매일 울부짖네

어린 양의 친구는
구름 뒤 낮프지 아스 짓는 날빛

어린양을 보호하는
따뜻한 부모는
저어 멀리 어디로 가바건느가

어린 양의 혼자
나고지 자리게

그리움의 문자누는
더욱 반복이고
다다욱 굽어지네

어린 양의 부모는
저이나 나르게 목줄과
함께 오고 있을까

2018년 2월 10일 오후 8:44
<파도>

철부의 이야한
누빠지람 시작된
철부을 추먹녀지

그어나웨 이슬
손가락 산 내어제
굳지름 산이도
힘 떨이
게 싶 끝없 가버버낙리

창음을 남작미어
떨어진 나의 한아니지에

2017년 9월 28일 오전 3:09
<선물>

네가 준 선물을
만졌가

나는 나고
너는 나지만

나는 나고
결국 나에게 멀지 않는 선물
결국 나에게 너무 좋은 선물

매계 보면도
결국 나에게 어울리지 않는 선물
결국 나에게 날을 수 없는 선물

내 두 벌려줄지라는
선물 매끄럽 생긴
생채가져온 이제지 더 나
마을 밥에나 게르게 수리네

그런 나는
받밝을 돌아지
내가 준 상처지던
당겨서 생긴 받밝의 상처기
더 여리고

내게 준 매른 선물네다
상처투성이 네 받밝이네
너 뒤집어보아지게

문저한 받밝게 더 어 멀라
나 스스로 달아가지라
나 스스로 날아가지다

2017년 11월 11일 오전 1:11
<화훼기>

나, 아무데 추억을 뿌려서도
그건 거울의 얼굴잔같은 업을일 뿐
기어이 한걸음로 사라질 뿐
양쪽의 불감을 수 없네
다른 이름게 숨겨가 되서어
그저 내 주변 순이도 긴기가 되어지
나, 주서울 드러내도 짙어 볼 수 없지만
기지게 뿌려진 눈물 흐린다 뿐이니
무방히 추억을 뿌려나지
나, 곁에 정롱함게 그저 서 있을 뿐
아무 것도 할 수 없네
바스는 이제도 세운 오늘에 나졌
깨지 있는 곳으로 내려지 후 수 있을까
나, 거주 한 마디 내웬데
어디로 가냐고 떨름이 내가

2017년 11월 11일 오전 1:57
<목숨무름 자르건>

목숨무름 자나니
바로소 모든 돌검이 고요해진다
나는 기꺼이 나의 시물
허용의 날아간다니
나의 서스
언저럼 애쓰지니 남아간다니

나는 나의 시기
애쓰고스 문전바삭 바래다

그래요
나는 오늘도
세상에게 가장 솔로고도 선물같은
시물 남이니

2018년 3월 15일 오전 10:37
<자살>

훈혹지은 창아난 태양아
나는 마음을 훈혹 적셔준

직적가 나의 마음을
뜨겁게 익숙은 게 태양을 더 사랑할레
나의 마음 이런 대양같은
받음내 마음에서 전혀내 부서지게

얼음마저 너길 올 달런의 같으미면
그 순간 게 영원을 것처럼 행복해러
그리워하던 날 우 우니시꺼지거게
그리워하지 않던한 더 시내서발 같아 아래
나의 잠래멘저 대양
속얼음이 둘친던 태양
나를 부서뜨린 태양

2018년 3월 7일 오후 9:53
<그대 얼굴에 대하여>

그대 지뭈이
난 너무 사랑할 건
그대 얼굴이 미소매어

지올 어분 밝아 저뭈네
왔는 또 혼 비트어러
어떤 때다 말이면 하얗이는 게 어느새요

낫잇어 헤 본어
붙어진 잎들이 미지 번문을 얼어보어지
네이 넣이서 비비빛 연을 빌어게 파랗가라요

2024년 10월 25일 오후
<내 미니시>

저를 돋아
비비빛게 비빛 내어게
시 저고

비비메이제
얼거내 그래게

지거 늦어게나요
지거이 것게

지거게 이제 같은 시비를
저이제 보고 서비는 얼마르게

지거이 비비게 저비얼게게
저건 내게 오게
오미게
게레게게게요

2024년 12월 8일 오후 12:54
<어제 행복>

당시 하지게
어비 비내게 비비게
지비 비비게서 비비게 어게게게

내게 범 비비서
비비게 비내 비비게
게비서 게며 게게게게게게게

내게 성지 이 게게
게 지비게 게 게게게
게게게게게 게게게

지게게 게 게게게
게게게 게게게
게게게 게게게게

게게게게 게 게게게게게

2018년 4월 2일 오전 1:04
<겨기무>

얼기게 하 꾸미
시게게 게게미
비게 게게게게 게 게게게게게게게게
게게 게게 게게 게게 게게게

나는 문 꾸미
게게비 게게 게게 게게 게게비
게 게비 게게게게 게게게 게게게 게게
게게게게게

나는 게게미
게게고 게 게게게게게
게게 게게게 게게게게
게게게 게게게 게게게

나는 게게미
게게게 게게게게게게
비게 게게게게 게게게
게게게 게 게게게게게

2018년 5월 3일 오후 1:39
<당신은 아시오>

공기가 없어도
그거 꿈질이서게 몹몸 꿈
제꺼게 밤 게내게서 범게게 범게게
비게게 게게 게게게

꿈기 없어도
게게게게게게게게게게게 게게
비게게 게게 게게게게
게게게 게게 게게게게 게게

꿈기게 없어도
게게게 게게게게게
비게게 게게게게 게게
게게게 게게게게게

2018년 5월 3일 오후 1:39
<당신은 아시오>

해어질 수 없는
범밤의 스저거스처럼 가디곳보는지

스저저스나처럼 세이는
범밤의 해어질 수 없을 밤으로 얼리지

2020년 11월 30일 오전 3:15

**태양 한 줌
손에 담아볼까**

인적 없는 책상 위로
소복이 쌓이는 먼지는
꿈을 굽어가는 먼지였음

아무도 찾아오지 않는다

2021년 2월 4일 오후 11:21

**저 바람이 떠날 때
사랑도 날려 보냈어야 했다**

내가 널 그리워한다는 걸
왜 몰라
내가 널 그리워한다는 걸
버릴게 모를 수 있어

너 몰고 있잖아
너다 말했어

내가 널 그리워한다는 걸
왜 몰라

하늘아
저 멀리까지 보고 있다면
나 여기 길 걸 말해다오

다리지 너무 아자
마음이 너무 아파
나 이렇게나 젖은
쉬어도 괜찮은 거니

(왜 몰라)
-> 윤종빈

오본 제게서 기분 좋을까
내가 널 사랑한다는 걸
오본 제게서 행복할니
내 눈에서 분명
사랑이 보였을 텐데
난 있어 분명
사람을 말했을 텐데
그랬는데 날 떠난거
나는 그런 널
오본 적 난 없었어

Tell me what's wrong
Then I will face it

I felt something wrong
I felt like I'm doing wrong
Why was I doing wrong

I know you're sacred
I know you're terrible

I killed it
I will kill you

2021년 2월 20일 오전 1:59
(You see me?)

Tell me what's wrong
Then I will fix it

I felt something wrong
I felt like I'm doing wrong
Why was I doing wrong

I know I'm scared
I know I'm terrific

It killed me
It will kill me

2021년 3월 20일 오후 6:33
<이미 늦었어>

이미 늦었어
너는 너무 늦게 왔어
여긴 다 끝났어
네가 너무 힘들을 때부터
이미 너무 늦었어
가 다녀 가
네 영혼 위로
미안하단 말하기 뒤

**나는 나를
모릅니다**

나는 거울을 봅니다
나는 없네 없습니다
너 눈 밖의 나는

<나를 어디로 가나>

나는 어디로 가나
나는 어디로 가나

뿐이지는 하늘아
너도 대이 아팠
쉬어가는 곳이 있나

악없이는 마음아
너도 파음 이팠
쉬어가는 곳이 있나

하늘아 말하대요
나는 지금 어디로 있나
나는 지금 어디로 있나
나는 지금 어디로 밝니

<꽃눈물>

그런 바람 내렸더라고
비가 그리고 나면
꽃을 피운 의례같아도
저리게 채웠던 비음이
이쁜 빛깔이라면서도

나는 차라리 욱신댔고
나는 거세게 날선 잎새였더라

비가 내리는 날이 오면
나도 눈물을 떨어뜨리겠다
나를 닮은 빗방울이었으면..

나의 마음이 세상에
지장 바깥에 내리도록
춘서러워 본다
발톱처럼

2021.05.06

2020년 12월 2일 오전 12:06

**사랑이 부족해
사랑 좀 더 줘**

얄밉게 내가 사랑하는 거

이러니 역간큰
외로워

<불잎>

봄에 스치는 다정한 손길에
물길의 수줍게 패였더랬다

봄에 자는 말랑한 눈곱에
뒤엉어붙어 멈고서 패었더라

봄이 스치는 다정한 손길에
물을이 물다 패였더라

2024.05.23 02:39

거울이 녹는 냄새

바라는 마음이 지겨워

이제서야 깨닫다 오오고,
나도 지긋했다

꿈과음 꿈들어 온다

<허공>

나는 길을 걷네
나를 걷니

**존돈 노랫말을 넘기고
홀로 떠났네**

<봄>

죽히고 죽이는
서린데면서

범인박소
나도 알았다
그 불살하게 국밟음이리나

불어 온 밤이
나 낙소예댐 지경이 완사지

나어려웠이 고요한 주분애보
나는 쥐였던 건 참소라

2021년 1월 1일 오전 2:02

**< 힘 겨루기 >
20210204 완성**

마음은
시간의 쏜
솔땜 선호도 늦저거며
위치 내가건면

그 마음을 불러주는
세월뿐이러래

(마지막인 줄도 모르고)
-> 유통빈

2021년 2월 2일 오전 4:17

<자존감>

좋은 냄새가 좋아
사랑받고 싶어

내가에 화려듬 나머
사랑됐고 싶어

저러 싶어
나도에 없어나니

현재 많은 너 입고에서 참는게
그래서 울던너 나무 불쌍해

손거하고 있는 게
나는 늘 그림자에 숨어
막이없이 울 수밖에
나는 너의 신독재란
죄의없는 재미있고

2021년 2월 17일 오후 1:44

햇살이 박살나다

<꽃 걸음아>

2021년 6월 1일 오전 0시

차가운 바닥에서
혼자 뒤엉키를 여러 번
막막한 바닥에서
홀로 허우적 돌부딪친다

깜깜함이 아려 본
날아차기 아려 본
작심과 기억될을 저려
혼잣 울러 본다

넌아 넌 걸음마에
문 세상이 움직였구나
나의 신난 발걸음에
달거 담은 걸음 떼며

그러나 아니냇
허술해 손이 달을 틈
지기 쥐 허한
기는 퇴문

발짝 없던 많는
본을 여거 본디올 두고 간
나는 없음

묫산이 여로찬 작은는데
나는 인제 아려서 커서
허둥해 잃을 내고 와나

나는 나의 걸음마가 남긴
홀 칠자 극게 싸서
나의 등을 업다고니

이 용은 말마나 뻗은거
거 벌써 벌여가 줄였으나

<별똥별2>

2021년 6월 14일 오후 6시

너의 묫소는
나의 여름 밤에
스치듯 별똥별

내가 잠깐한 새이
나는 선택
못히 버렸고

그 방에서
나는 소원들 빌었다
뭐느캐

별똥별은
한 번받 나
번나게 해졌나고

내가 무거 많은
밥 세메서 난
창감해반다

<별똥별3>

2021년 6월 14일 오후 6시 45분

낱선 사람을 본 거처럼
무서웠다 나의 미소

에너운 나의 세상을
돌려고 거나긴 나의 미소

<발화>

2021년 6월 30일 오후 6시 47분

내가 피었을 때
다들 예뻐했지만

내가 피어나는 순간
맞았던 공기가
얼마나 차가웠는지는
아무도 모른다

<어딘가 가버린>

너의 품 찬값에서
품이 돌이 돌아서 우아이어
두아이어

우리의 추억에
빛받은 돌 돌내옵고
애별요게버어요 진지도

데이터처럼 미차나는
게리게페이 모양못잡
어리게지 폴라나다

너의 묫요 돌앗같긴게다
쩐네
어너게게 그런 돌아
우리 눈 여들소 거나

2024.11.02 01:35

<청춘>

2021년 7월 21일 오후 8시

봄은 아기처럼

여름과 과나이 계열되고

주름거리고 가을에 유페되다

겨울은 비가 내리면 끝난다

24.08.29 16:06

<안녕이라고 해줘>

2021년 8월 1일 오전 4시 47분

가세요
가고 싶으면 가야죠
멀리지 않을게요

봄이여 안녕히
Goodbye My Adolescence
-흰물결 부분

2021년 5월 7일 오후 2시

낯물에 떠는 물이 있었다
낯물에 피지 못한 답이
어설퍼른 무성히 자나건다

똥군 숫자 멋은 문고
발 그녀 묘은 날 선데
사랑읗은 갈멋에 지나건다

고통 속에 달걸 멋고
가선 울래 빠질 기준 떼
너의 피로 물러갈 난 본다

눈 환한 건 지끗에
그러도 나의 피에 울니
눈 주지 않았다

내가 자마나고 싶은 데
이어나
내가 가시에 뭍게

사랑들만 다시 자나긴다
아무도 나를 돌리다
그런 나는 눈부서나긴다

내가 떠나 빛어서는
내 아릴께 구멀들 냄았다
그 터넹 아비 온제 감긴다

무엇을 담아도
걸려지 쳐박을 수 없고
멍그서 샤리에 넘는다

<비포선라이즈>

2021년 6월 29일 오후 1시

차밀 내 삶 발아차기고나
자리가 그렇게 딸았는데
해 난 발아차에 앉았나다

당신까이가 왔어요
처음 본 순간 알았어요

난 거게 웁게 사랑해 보기게 앉음
어른이어
당신을 사랑했으므로 담아오

<시를 쓴다는 것>

2021년 6월 29일 오후 3시 54분

시를 쓴다는 건
나 홀로 소리소문 없이
저 길이
피어본다는 것

높은 이상을
심긴 원글이 유글게

더러운 피크기마
거들과 밀려돔
운둥모 아주하는 길

눈물과 함으로
축축한 이동
그 안에 문크미
홀리 뭔다는 것

2024.01

하늘에
매실차를 붓다

2021년 9월 14일 오전 12시 21분

<네 글이 설 자리는 어디에>

세상에 공짜는 없고
사람들은 책을 읽지 않고
SNS는 만들 수 없다

24.08.29 16:15

<진실>

2021년 9월 27일 오전 10시

흔수수 마음을 비추는
거울?

24.08.29 16:26

끝내가

풀내음이
어렴풋하다

2021년 7월 7일 오후 5시 40분

흰 밤 까만 낮

일찍이 어머는
날과 밤이 바뀌었다고

<짝사랑>

2021년 7월 19일 오전 11시 30분

저 달도 날
보고 있는지 궁금하구나

24.08.29 16:03

가시可視
점강문

2021년 8월 27일 오전 3시 40분

보아라
보다라
보아라
보다
보다
보다라

그래 사랑이야

2021년 9월 17일 오전 12시 27분

사랑법-점묘문

당신을 사랑하지 않아

사랑한 그만
사랑했어 그만
사랑했다 그만
사랑한 그만
사랑하고 그만
사랑하지 그만
그만 사랑하지
그만 사랑하고
그만 사랑한다
그만 사랑했

2022.01.05

<내가 떠난 이유>

2021년 9월 28일 오전 3시 22분

홀로 남긴 정아에게 물었다
"나에게 왜 떠났는가 라지도 묻긴가"
"시마다 물었다고"
"어쩌도 말아"
"그냥 아려어"
"스러지 물어보며야지를 받고 앉지 않어?"
정아가 나를 뭐끼처럼 보고 있을 동안앳고
"잘긴 싫어, 자신긴 앉고 싶고 내가 너 지죽내겠느 것이냐?
"주제넘을 수 있지 않겠냐며
정아는 어쩌 나를 지정지지 보긴고,
"정아야 이긴 너에게 사랑하는 거야, 그러나지 마다
"나 또 어긋 있나 그 것을 싶어 맞긴가 했든 것 같아"
정아는 마르지야 당을 수 없어, 정아처럼 내려 놓아봐
나가 어떤 멋을 못 앉것아, 있어도 자여 말도 못이
겠잖아, 뭐던 남겨간 가고 세람사로이 있었어
세람이 떠나가더 싶었어 그것도 나느 그 사람이
앉다이든 심수 있는 것 그것에 덜 이뻐뜨고 싶었어
원들 사랑이 중글 마 안그런 거지 않아
"나도 날마넌 수 정고런 물열했 나는 가장 외로운
동 대야 사글 그라그 원건이
그렇게 달여게 짐아의 물앉던데 내가 대들의 행복
것앉다나.

10.01 완성

여름이 쭉 빠지는 소리

2021년 12월 14일 오후 4시 59분

<가로등>

2021년 9월 15일 오후 4시 27분

휘릿휘릿
퍼딩퍼딩
어둠리

내가 켜지길
기다리고 있었어

내가 두 눈을 감박일 때마다
너는 큰 슬픔 슬픔 퍼저버릴
가슴을 울버린다

<止추>

2021년 10월 26일 오전 3시 14분

퍽퍽 쩍쩍 울게
심한 멋어
소망고 앉이
마음으 엿보
고 자에 멋진 멋
내가 되고 같은 정어

멈추오
걸레로 연고 아리뭉 버고
정아는 인건 없어
나의 잎들에
지지고 돌앉정
비어졌오 앉만나 끝

24.08.29 16:26

<초등학교 운동장>

2021년 11월 17일 오전 2시 20분

나는 흙게 앉는다
나는 좋아 흙어 든다

바이친 뭐어도 답지 않아
갔만 스멀 여사 멋지 않네
공보 나느다

얼마는 달어든 답지 않어
운둥도 트릿분 앉이 몸어도
금체 썽어진

얼마린 답어든 답지 않어
날 위로 움더던
버나마넌 출렸다

낮이 어둠드록
버니값 흘 줄벗인고
우리 하늘이 그제 묘앉긴 소리
이깃 날이 멋지고
지애로 예뻐뭐
그 속에 부지 멋겼긴가

우리의 바람은
흰 물의 오악도 얇어
운둥장 담아 친
우리 날벗얼처 벗이많 얇다네

우리 하늘을 냉앉 어내 바가는
앉느네 얼어 비거도 긴
긴 달은 메묘어
그 속에 부지 못기겼더
잃을 소리 무기도 멋나 하늘게

버럼 빠친 흙글긴은
좋은 운둥장 모멀더에서
둘어나긴 멋을 받을 기다린다

씨앗에 뚫긴 공나 그릿은
흙 속에 체벗어 오기 앉고
자무런 벗어 가내

좋아 사러머어

09.26

<시를 쓰다 말다>

2021년 11월 16일 오전 4시 57분

하쭈가 너의 미움네고리
하쭈가 너의 흙겹니고
하쭈가 너의 묫겹겼고리

마침게 사랑 너이
복지 않게떠넌 즈잎게고
복지 않게먼게 두려웠너이

너의 침묵에 답긴게고리
그런 사랑이 미미지고고리
걸음을 말아쳐앉자 두려웠너이

버런 자어 앉게
공앉게나 내가 넌 가고
어디앉 앉앉해 앉이

점중문
<8>

요
요
숨어다
슬어다

24.08.29

점묘문
<딸머간>

훌쩍
훌쩍
훌쩍
훌칵
훌칵

24.08.29 16:22

<식시(트롤리프유)>

2021년 10월 23일 오전 4시

행복이 개 일거는 얾어
행복이 개 일거는 얾어
행복이 개 일거는 얾어
행복이 개 일거는 얾어
행복이 개 일거는 얾어
행복이 개 일거는 얾어
행복이 개 일거는 얾어
행복이 개 일거는 얾어

트롤프뤼유
<율가>

언제는
산이 자는 동벌이
운앗벌다

언제는
산이 처빈 구밀이
운앗벌다

24.09.01 16:23

<가을 바람>

2021년 9월 25일 오후 6시 39분

당신은 꾀
돌아섰다고

나는 뒤로 앉어
손 주차 앉긴다

당신 앉을 본 번이나고
앉긴 앉게 앉네 등뒤는
이 눈동 빈 받앉어도
앉긴다

당신은 그렇게
틱 돌아나
있다

<이 모든 외로움은 혼자서>

아무도 간 적 없는 사막에
여기의 발자국이 나 있다

단여도 단여도
아침과 저녁이다
상에 먼지가 앉인다

묘래 폭풍이 휩쓸고 지나가도
여기의 발자국은 그대로다

그러나 여기는 묘여지 앉는다
사막은 보도같다

부스러지고
부스러지고
스러진다

잔앉의 푸러는
어디 인물까

파도 파도
아무것도 없는 걸

24.08.29 16:12

<보자 지우다?>

2021년 11월 3일 오후 8시 28분

1페지 쓰고
절여네서 썰렁 거
점앉고 버더넌 곳걸빈새
무의 단앉 거니게긴 얾어

그러면
스럿넌 싫앉 날이
너 원거나

버린 너뮤어긴 걸나
어녀게 빠건 앉이고
거걸게 꼬벗 멋지네

예품은 너앉러게 걸
앉겨짓얾제걸 어녀냐걸겼나

멀음 거거어 빠건 쌌앉
봇 겼 여뭐 어
넌 겼거어

2024.11.03 08:28 월

점강문

2021년 12월 31일 오전 8시 21분

남은 게 얾어
남는 게얾어
남을 게 얾어
남길 게 얾어
남길 수 얾어
남을 수 얾어

2021.12.31

<yesterday>

2021년 12월 28일 오전 3시 58분

I was sad yesterday
Obviously sad
But i am not sad today
I ask myself
What happened to me?
But I can not find
An answer
Then suddenly i get sad
can't know the answer
For ever
Is that really sad?

24.08.29 16:24

2021년 12월 28일 오전 4시 12분

앉걸가 있거게
그렇게게거 되거기
시거거거 누뭐 거거

저만 누거긴 사랑인고
여기 무든 볃거기고
어어먼 어 어버긴 달글긴 것 같이

내가 끝앉아 넌 긴게 묘얼게
시앉을 떴어지긴 앉앉이

〔밤바다〕

밤바다를 거닐며
진회를
내 앞으로

쓰다 지우다

생을 꾹꾹
눌러가며 썼을 때

(이하 손글씨 판독 불가)

〈아빠시 계절2〉

아빠시는
멀리 있어도
꼭 옆에 있다

아빠시는
곁에 있어도
꼭 붙어 있다

날 쓸 살게 할 수 있음으로
충분한 있음

날 손 잡을 수 만질 수 있음으로
충분한 있음

온 계절이 너의 것이 아니더라도
이 6월은 온통 아빠시
아빠시라는 오직 절을

내 질을도
아빠시절
몸에 얹으면 말하나
말 슬슬나

그러한 난 널 믿을 수 없다

(이하 중략)

〔점묘법〕

아니,
아니,
아니?
아니...
아니

〈저녁이 있는 삶〉

삶을 탁탁 털어
빨래줄에 넌 다음
넌지시 지나며
내일 또 볼 태양을
바라보고
바람결에 슬을
실어 보낸 다음
옳는 냄비밥에서
흐르는 하이얀 흠집과
구수해지는 냄솔에
하루의 수고로움을
은은 맡기는 것이다

〔그릇내〕

(이하 손글씨 판독 불가)

여름으로 길게

너의 몸을 안았다
순한히 품을이 꽃잎이 들어 있네

거기를 길게

〔뱃〕

돌아다 보면 번쩍이는 날파리가
내려다 보면 물결의 미러카페이

(you're not the only one)

거름 같은 같은 사람을 만나
당신은 아니고 당신을 닮은 사랑
그딸 때마다 놀라
당신 같은 사람을 맘을 줄 알았는데
당신은 모지 맘 맘이라 떨었는데

〔놀이〕

(이하 손글씨 판독 불가)

〔왕관〕

번학님과 질의 이뻐고
숫자는 거짓말을 하지 않다

번학 애그 사라지는
말박질에 이름을 읽어 번가 쏘라

날버다 의자로 끌어당겨와
질에 끌어다 보지도 않고
긴 길로 통고 본다

자리 소리에 휘둘리는 마이들,
눈을 가린 어린 걸음,
빚을 두다가는 나뉘타

가장 벗다는 건 고갯짓이라서
차 내려 알마다 알듯 같지를
창원의 황관을 구경히 하는 거니

이제 울지도 못할 만큼
무거워진 황관의 왕관
저 적도 걸이 부둑바에 나려 간다

2022.12.30 23:28

〔글을 쓴다는 것?〕

입에 거울이 인다

(이하 손글씨 판독 불가)

〔사막〕

나는 사막이
사막 위에 서 있다

나는 내가
녹지 기다렸다

사막함을

그렇게 멀어질까
말까

여름 (Column 1)

<겨울>

230421 10:49

<one day 어느 날>

sometimes, life gets
very unlucky.
But I have to stand.
When I look up,
I suddenly feel like
I forgot what have I longed for.
But the moment
I watch sight of the censured moon,
it is too beautiful
to fail in dis-illusion.
I've just found my
genuine dream.

<사랑니>

<나를 지키는 것>

<동백꽃>

(Column 2)

<넌 떠나질 않고>

2022.12.30

<마지막 한 걸음>

2023년 3월 7일 오전 1:41

<Strawberries on Top!>

I bought a cake to celebrate the publication
of my books.
The cake is my heart.
There are strawberries on top.
I speared them with a trident.

(장미)

(Column 3)

<피어오르기>

<청음>

<하루 사이>

<나를 지키는 것>

<불긍음>

(Column 4)

<밀기>

<너의 이름>

너는 나에게로 와
꽃이 되었다지만
나는 너의 이름조차 모르니
너는 나에게 꽃이 아니다

(비의 방울)

<밥을 하다>

나는 여자로서
밥을 하는 것이 부끄럽지 않다

나는 작가로서
밥을 하는 것이 부끄럽지 않다

그러나
글밥을 하지 못해 부끄럽다

(Column 5)

<아이스크림>

<Missing You>

Missing You

Missing You

Missing You

Loving You

<나의 블루베리 나날>

(Column 6)

<출산>

<너의 이름>

<늦가을>

<청강문>

<원>

이른
어른
오른
얼든

2024.06.23 01:54

<기어이>

내 밤에도 별이 있다면
나는 어두워야한다
그렇게 해서라도
나의 어딘가에서
빛을 낼 것이다

형

나는 이제 울기로 했어요
나는 이따금 와서
울어디보지도 않을 거에요

<프시케와 에로스>

나를 안아주기 때문에
이길 수 있는 것을
갖는다.
때로는,
때로는,

하지, 나에게까지
오나니,
때로는,

우린 놀랍게도 많은 것을
보고 있답니다

지금 왜 다른 감옥이 서로를
보고 있지만

몰랐던 걸 알았어
우리 같이 있는 시간
너무 짧았어

그래도 좋아
함께 울 일만이라도
나는 모른 척해요

나는 아직도 내가
다른 나처럼
사랑하는 사람이
잊기가 싫어

볼은 못 견디지만
붉은 또 한 쪽

[go with the flow]

<사계절과 강산과 바다>

강산도 바뀌고 사시사철이 빈째도
소용 없어요
우리 마땅히 보아도 수도 없는데
제 혼이 곁을 지키나니

사람들은 잘 몰라기도 모르는데
우리 이제는 언제쯤 다시 이곳에
그 저물은 이렇을 애타다 하나고
제 거울은 사랑을 얘라며 하나고

사람이 갈퍽얼마에 다들 마음을 횧얼이나며
바꿔 만 세계마다 우리 이름을 남겨
거품 내처럼 저는 거짓을 저렇맡나니
제 거품은 사랑의 얘하들 얘나고

헤어를 고쳐서 힌
우리 이제마다 세계에들 들고
고도틀님다 의 바다이어 하는데
제 거품은 후회하 하나요

말이 격차한
시계절이다 싶고
강산이 싶고
산북이 싶고
바다란을 진짜 갈여도요

2023.11.18 05:46
2024.11.19 03:09

<대나무와 뱀>

대가끼기 순아난 대나무 숲 속에서
실을 뒤덮었어 해대다
놈에 잡히는 대나무를 베어버리느니
는 앞에 별려 나타나 물길,
나를 칭느냐 아님 숲을 계제얼알이느냐
내가 나를 도리어 얻아하얼느냐
나는 비웃으며 말한다
내가 나를 꿈 것?

걱정이 대나무 때문으 아니라
앞은 일뿐는 대나무를 썻
너 겪어야나니
아속한 대나무 얼명 벳니기 않고
사악한 뱀 마위엔 배틀 만들어 먹이다

2:29

Instant Stories

파편을 정신으로
끌어모았을 때
정신 차리게 되고
피를 발견하는 것이다

I felt useless

when I look back,
they look pretty
quite lovely,
somehow lonely

They didn't
vanish
just had gone
instantly

that's all

가질 수 있었던 것을 가질 수 없
게 된다는 것은

23.10.07
< 거미키기 >

나는
거기 깊이,
함께 아름답다,
함께 받들이지않아이어요.

< 거미 >

거미는 | 줄팍앙이 바른다
그런데도 게 만든 줄에 걸려서
벗어지 못한다

그렇지만
나는
바람에 끈적끄속
흔들리는 거미가
되고 싶다

저 벽러에 줄에
몰려
처멸하지 않게

바람이 약한 게 아니라
내가 너무 질녔차

평대로 존재지 않는
거미야

결정의 과정- 점묘문

진하다
칭하다
장하다
정하다

<말할 수 없는 고백>

<겨울비>

나는 겨울을 또처
어깨익을 장바민가

싱거처럼 자닝큰
안땅어메 얼머답게

나갈에서 물결처럼 돌쳐 떨어
임가나

저 벌릴 차가 지나가면
내 이름 바뀌에
스크럼처럼 너는 소리가 나니?

최라뚜려 의 설나 있을까?

그 글래
겨울비가 내린다

사람취도 잘다
사람쳐진 얼다
그만큼 억리도

겨울비 비기
사람취도 잘다
사람쳐진 얼다
그만큼 억리도

2024.01.17 11시 11분

<문학>

나는 날때 거지 않았고
말을 많이 못했어요
발을 얻는다

18:44

<과학>

달에 간 순간
저 달은
달이 아니다

15:13

(작가적인 것)

태양의 간절함은
그렇게 바란다
샌다

내가 사는 것을
죽는 건
나 살아온 거나

내려쓰는 건
비탈

[go with the flow]

<결국 또 봄>

자난 나비들말랑 말고
빨라 새가 되어
어디론 날아 가자

손톱마다
말기꽃이 돋고

눈이불안이고
북받침이 나고

불바람이 불어도 나는 설레있고
빛갈비처럼 당신은 갔네

붉은 춘적도 없이 하나고
방보란 줄 제가 가장 아름다워내

가질 수 있는 것을 가질 수 없
게 된다는 것은?

날지 않는 것은 날기 위함이다
내에게 날개 존재가 의미있는 건

날 아끼도 말 한 마디에
흘러가버린다

나는 사랑함
사람들이 새가 쓰스로 디딤 위 하이에 줄인다
내가 토시라도 내 길이를
어찌다 적물 길이 나와 버렸음이다

<각오(覺悟)>

<첫 만남은 크리어>

<됐다>

나는
나에게
위서
돌이 되지 않아도 괜찮다

그저 존재해다고

03:52 마침

<엄마>

검을 밤에서
저 쇠달은 고고히 은은하기만 한데
엄마는 구태여 고개를 숙여
여린 아가 잎싹이 기특해 찬미한다

10:45

< 글을 쓴다는 것 >

되고운 많이 보곳보곳 쭘음다.
입세 거둘이 신아

이 붙었은 꽃이 좋이 아니고도
육수
받음이 풀을 신아

더는 열을 씨내도
거롭어나도
받은시 축을 파리운아.

뿌리 깊이 함께써도
버텅방을 안해는
무시깨가 진아

로로 물아본다

꼭! 깨진다.

나는 그대로라

2024.11.01 04:42분

<정원>

팔란 끝은 벌을때
우크러
시들 옵니다

타는 마음,
타버니 나는 마음을
동공 얻은 뜬으로
겨울 던지냅니다

박간 확절겨럽 때거
나를 펼쳐내고
나는 쓰을 수 있습니다

펄펄 끓는 냇거예
5시24
시토 씀니다.
나는 온지 않을 것이고
나이지먼
군지 않을 것입니다
2024.11.03 23:25분

<너만의 길>

나는 한 번만 더 Once Again or One More
(부제: 가질 수 있던 것을 가질 수 없게 된다는 것은)
1판 1쇄 발행일: 2025년 1월 11일
ISBN: 979-11-982046-3-9 (03810)
지은이: 전해리

리튼앤라이튼(Written&Lighten)은
썬 키쓰 쏘싸이어티의 출판 브랜드(임프린트)입니다.
제 2022-000036호

writtenandlighten.official@gmail.com
https://www.instagram.com/writtenandlighten.official
https://www.sunkisso.com

출판 기획 편집 디자인 마케팅: 전해리

출판에 힘써주신 분들께 고마움을 표합니다.